Die Folgen des Leichtsinns

Das Hauptwerk des erfolgreichen französischen Schriftstellers Honoré de Balzac umfasst den (unvollendeten) Romanzyklus La Comédie humaine (deutsch: Die menschliche Komödie), dessen 88 Romane und Erzählungen ein Gesamtbild der Gesellschaft im Frankreich seiner Zeit zu zeichnen versuchen.

Textauszug:

Die Abendbesuche bei der Frau Vicomtesse von Grandlieu dauerten stets bis in die späte Nacht. Während einer Nacht des langen Winters bemerkte man noch um ein Uhr morgens in ihrem Salon zwei Personen, die der Familie fremd waren. Ein junger und sehr artiger Mann ging, als er die Uhr schlagen hörte. Als man seinen Wagen fortrollen hörte, blickte Frau von Grandlieu etwas unruhig um sich ... ging auf ihre Tochter zu, um mit dieser zu sprechen. ... »Camille ... höre mich an: Du bist die einzige Tochter, Du bist reich; daher darfst Du nicht daran denken einen jungen Mann zu heiraten, der nicht das geringste Vermögen hat ...

Die Folgen des Leichtsinns

von
Honoré de Balzac.

Aus dem Französischen.
In neuer Rechtschreibung

Die Rote Edition Bd. 23

Bibliografische Information der Deutschen Nationalbibliothek:
Die Deutsche Nationalbibliothek verzeichnet diese Publikation in der
Deutschen Nationalbibliografie; detaillierte bibliografische Daten
sind im Internet über dnb.dnb.de abrufbar

© 2021, Honoré de Balzac

Herstellung und Verlag: BoD – Books on Demand, Norderstedt

ISBN: 978-3-7543-2598-8

Inhaltsverzeichnis

Die Folgen des Leichtsinns

Die Abendbesuche bei der Frau Vicomtesse von Grandlieu dauerten stets bis in die späte Nacht. Während einer Nacht des langen Winters bemerkte man noch um ein Uhr morgens in ihrem Salon zwei Personen, die der Familie fremd waren. Ein junger und sehr artiger Mann ging, als er die Uhr schlagen hörte. Als man seinen Wagen fortrollen hörte, blickte Frau von Grandlieu etwas unruhig um sich und da sie nur noch zwei Männer sah, die am Ecarté-Tische saßen, ging sie auf ihre Tochter zu, um mit dieser zu sprechen.

Diese Tochter war eine junge, elegant gekleidete und reizende Person, welche vor der Kantine des Salons stand und auf das Fortrollen des Cabriolets lauschte, während sie einen schönen lithographischen Lichtschirm betrachtete, der eine neue Erscheinung der damaligen Zeit war.

»Camille«, sagte die Vicomtesse indem sie ihre Tochter aufmerksam betrachtete, »ich muss Dir sagen, dass ich den jungen Grafen von Restaud nicht wieder in meinem Hause empfangen werde, wenn Du fortfährst, Dich so gegen ihn zu betragen, wie Du heute Abend getan hast . . . «

»Mama . . . «

»Genug, Camille . . . höre mich an: Du bist die einzige Tochter, Du bist reich; daher darfst Du nicht daran denken einen jungen Mann zu heiraten, der nicht das geringste Vermögen hat. Du hast Zutrauen zu mir, mein liebes Kind, erlaube mir daher dass ich Dich auf Deinem Lebenspfad geleite. Im siebzehnten Jahre kann man über gewisse Bedingungen der Schicklichkeit noch nicht urteilen . . . Ich will Dir eine Bemerkung mitteilen: Ernest hat eine Mutter, welche Millionen verzehren könnte. Er betet sie an und unterstützt sie mit einer kindlichen Liebe, welche das höchste Lob verdient; ebenso redlich sorgt er für seinen Bruder und seine Schwester, und das ist wunderschön«, fuhr die Gräfin mit schlauer Miene fort; »allein solange seine Mutter lebt, wird doch niemand wagen dem Herrn Grafen von Restaud die Zukunft und das Vermögen eines jungen Mädchens anzuvertrauen.«

»Ich habe da einige Worte gehört, welche bei mir die Lust erwecken, zwischen Ihnen und Fräulein Camille als Vermittler aufzutreten!«, sagte einer der beiden Männer am Ecarté.

»Ich habe gewonnen, Herr Marquis«, sagte er, indem er sich an seinen Gegner wandte, »ich verlasse Sie, um Ihrer Nichte zu Hilfe zu eilen!«

»Das heiße ich Ohren haben wie ein Anwalt!«, sagte die Vicomtesse. »Wie ist es Ihnen möglich gewesen, mich zu hören? Ich habe ja so leise gesprochen.«

»Ich habe mit den Augen gehört!«, antwortete der Anwalt und näherte sich dem Kamin.

Er setzte sich auf einen Armstuhl neben dem Kamin, der alte Oheim des Fräuleins Camille setzte sich ihm gegenüber, und Frau von Grandlieu ließ sich auf einem Stuhl nieder, welcher zwischen dem Armsessel des Anwalts und dem kleinen Kanapee stand, auf welchem ihre Tochter und der Oheim saßen.

»Es ist Zeit«, sagte der Anwalt, »dass ich Ihnen eine Geschichte erzähle, welche ein doppeltes Verdienst hat; denn einmal wird dem Fräulein Camille eine gute Lehre gegeben, und dann wird sie zugleich Ihr Urteil hinsichtlich Ernests Vermögen umändern ...«

»Eine Geschichte!«, rief Camille aus, »o! Beginnen Sie schnell, mein guter Freund ...«

Der Anwalt warf auf Frau von Grandlieu einen Blick, welcher die Vicomtesse das ganze Interesse begreifen ließ, das seine Erzählung haben könnte.

Die Vicomtesse von Grandlieu war eine der bemerkenswertesten Frauen der Vorstadt Saint-Germain, eine der reichsten, der bestdenkendsten, der edelsten Frauen, und es könnte daher etwas unnatürlich scheinen, dass ein kleiner Anwalt von Paris so vertraulich mit ihr gesprochen und so kavaliermäßig sich gegen sie benommen habe. Indes ist es nicht schwierig, diese seltene Erscheinung des aristokratischen Lebens zu erklären.

Frau von Grandlieu war mit der königlichen Familie nach Frankreich zurückgekehrt. Sie hatte anfangs sehr bescheiden in Paris gelebt und nur von den Unterstützungen, welche Ludwig XVIII. ihr aus dem Einkommen des Staates angewiesen hatte. Da hatte der Anwalt Gelegenheit gefunden, Fehler in der Form des Kaufkontraktes aufzufinden, welchen die Republik beim Verkauf des Hotels de Grandlieu abgeschlossen hatte, weshalb er behauptete, das Hotel müsse der Vicomtesse zurückgegeben werden. Auf seine Kosten und Gefahr hatte er den Prozess unternommen, diesen gewonnen und der Frau von Grandlieu ihr Eigentum wiedergegeben.

Ermutigt durch diesen Erfolg, war er auf seinem Wege fortgefahren und hatte den Wald von Grandlieu und noch einige andere ziemlich wichtige Grundstücke zurückzuerlangen gewusst, mit denen der Kaiser öffentliche Anstalten unterstützt hatte. Die Gewandtheit und aufopfernde Tätigkeit des jungen Anwalts hatten das Vermögen der Frau von Grandlieu so wohl wieder hergestellt, dass dieselbe 1826 bereits hunderttausend Livres jährlicher Einkünfte besaß.

Die Schadloshaltung hatte ihr seitdem noch ungemeine Summen zurückgegeben aber ebenfalls wieder infolge der Bemühungen des jungen Rechtskundigen, der ein Freund der Familie geworden war.

Jetzt war derselbe über vierzig Jahr alt. Er war ein Mann von hoher Rechtschaffenheit, gelehrt, bescheiden und nur in guter Gesellschaft zu finden. Sein Benehmen gegen Frau Grandlieu hatte ihm die Achtung und die Kundschaft der meisten Häuser der Vorstadt Saint-Germain erworben; allein er benutzte diese Gunst keineswegs auf die Art, wie ein ehrfürchtiger Mann solches hätte tun können. Mit Ausnahme des Hotels Grandlieu, in welchem man ihn bisweilen die Abende zubringen sah; ließ er sich sonst nirgends sehen. Er liebte leidenschaftlich die Arbeit, und überdies fand er in seinem häuslichen Kreise zu viel Glück, als dass er sich noch nach den Freuden der Welt hätte sehnen sollen. Er war glücklich dadurch, dass seine Rechtschaffenheit und seine Talente durch die Angelegenheit der Frau von Grandlieu in das Licht gesetzt waren; denn sonst hätte wohl seine Anwaltschaft ein trauriges Ende nehmen mögen, da er den Geist eines Anwaltes nicht besaß.

Seit der Graf Ernest de Restaud bei Frau von Grandlieu eingeführt war, und der Anwalt die gegenseitige Zuneigung bemerkt hatte, welche Camille und den jungen Mann fesselte, hatte er sich eben so fleißig bei Frau von Grandlieu eingefunden, wie ein Dandy der Chaussée d'Antin, der erst neuerdings in die Kreise der edlen Vorstadt aufgenommen ist, sich bei seinen Besuchen emsig zeigt.

Erst einige Tage früher hatte er zu Fräulein Camille gesagt, indem er auf den jungen Grafen zeigte:

»Es ist schade, dass dieser junge Mensch nicht wenigstens zwei oder drei Millionen im Vermögen hat, meinen Sie nicht auch?«

»Ist das ein Unglück?«, hatte sie darauf gefragt; »ich glaube nicht. Herr Ernest hat viel Talent, er hat gute Kenntnisse, wird gern von dem Minister gesehen, bei welchem er angestellt ist, und hat einen guten Namen; ich zweifle nicht, dass er eines Tages ein sehr bemerkenswerter Mann werden wird. Er wird sich so viel Vermögen erwerben, wie er nur will, wenn er erst die Macht in seinen Händen hat ...«

»Ja, wenn er reich wäre ...«

Camille war rot geworden.

»Wenn er reich wäre, mein guter Freund; aber alle diese jungen Damen, welche hier sind, streiten sich ja um ihn«, hatte sie darauf geantwortet und auf die Quadrillen gezeigt.

»Dann wäre Fräulein Camille de Grandlieu nicht mehr die Einzige, gegen welche er seine Augen wendete ...« hatte darauf der Anwalt versetzt. »Sehen Sie, darum erröten Sie, Camille! Sie fühlen, dass Sie Geschmack an ihm finden, nicht wahr? ... Wohlau gestehen Sie ...«

Camille hatte sich darauf schnell von ihrem Sitze erhoben.

»Sie liebt ihn!«, hatte der Anwalt gedacht. Camille aber hatte nun seit jenem Tage bemerkt, dass ihr Freund, der Rechtsgelehrte, das keimende Gefühl billigte, welches sie gegen den jungen Grafen de Restaud empfand.

Der Anwalt nahm also das Wort und erzählte die Szenen, welche wir im Folgenden mitteilen werden. Sie sind so treulich mitgeteilt, wie es nur der Unterschied erlaubte, welche allemal eine mündliche Unterhaltung von einer geschriebenen Erzählung unterscheidet.

Der Wucherer.

Da ich eine Rolle bei diesem Abenteuer spiele und beileibe mich an die romanhaftesten Umstände meines Lebens erinnert, so werden Sie mir hoffentlich verzeihen, wenn ich meinen Eingebungen folge. Denken Sie sich, mein Fräulein, ich sei jetzt erst siebenundzwanzig Jahre alt und die Ereignisse meiner Erzählung wären gestern erst vorgekommen. Ich werde damit beginnen, dass ich von einer Person mit Ihnen rede, von der sie sich noch keinen Begriff machen können: Diese Person ist der *Wucherer*.

Werden Sie diese Gestalt sich richtig vorstellen können? Sie ist bleich und hohläugig und ich möchte wohl, dass die Akademie mir erlaubte, ihr den Namen *Mondschein* zu geben. Sie gleicht einem silbernen Gefäß, von dem die Vergoldung abgegangen ist. Die Haare liegen flach an, sind sorgfältig gekämmt und aschgrau. Das Antlitz ist leidenschaftslos, wie das des Herrn von Talleyrand, die Züge scheinen in Bronze gegossen. Das Auge, welches so gelb ist wie das eines Marders, hat fast keine Wimpern. Spitz ist die Nase und dünn sind die Lippen. Der Mann redet nur leise, in einem süßlichen Tone, und wird nie zornig. Seine kleinen Augen werden stets durch den grünen Schirm einer alten Mütze gegen das Licht geschützt. Er ist schwarz gekleidet. Sein Alter ist ein Rätsel, man weiß nicht, ob er vor der Zeit alt geworden ist, oder ob er seine Jugend geschont hat, damit sie ihm ewig diene.

Sein Zimmer ist sauber, wie der Rock eines Engländers, allein alles, was man in demselben erblickt, ist abgenutzt, von dem Teppich des Bettes an, bis zu dem grünen Tuche des Schreibtisches. Dieses Zimmer scheint das kalte Heiligtum einer alten Jungfer zu sein, welche ihre Tage damit hinbringt, die alten Möbel abzureiben. Alles ist dort negativ. Im Winter sieht man nie, dass die Feuerbrände seines Kamins sich vereinigen, und sie rauchen, ohne zu flammen, da sie fast stets zur Hälfte in die Asche versunken sind.

Das Leben dieses Mannes läuft so geräuschlos ab, wie der Sand einer altertümlichen Sanduhr. Alle seine Handlungen, von der frühesten Morgenstunde an bis zum Abend, sind der Regelmäßigkeit einer Uhr unterworfen. Er ist in gewisser Hinsicht ein *Mustermann*, ein Uhrwerk, welches der Schlaf aufzieht. Wenn man eine Kellerassel berührt, die über, ein Blatt Papier hinwegläuft, so bleibt sie stehen und stellt sich tot; eben so unterbricht sich dieser Mann inmitten seiner Reden und schweigt, wenn ein Wagen vorüberfährt, um nicht lauter sprechen zu müssen. Er ahmt Fontanelle nach, indem er die Lebensäußerungen zu sparen sucht und beschränkt alle menschlichen Gefühle auf das Ich. Bisweilen schreien seine Opfer laut und werden zornig, dann aber entsteht bei ihm ein tiefes Schweigen, wie in einer Küche, in der man eine Ente abschlachtet.

Bis sieben Uhr abends ist er ernste um acht Uhr aber verändert sich, der Wechselmensch in einen gewöhnlichen Menschen; die geheimnisvolle Umwandlung der Metalle in ein menschliches Herz geht vor sich. Nun reibt er sich die Hände und eine Art von Heiterkeit wird bei ihm sichtbar; aber auch in den Lebhaftesten Ausbrüchen seiner Freude bleibt seine Unterhaltung stets einsilbig. Mit einem solchen Nachbarn hat mich der Zufall in dem Hause beschenkt, welches ich in der Rue des Grès bewohne.

Dieses Haus ist düster und feucht. Es hat keinen Hof, und die Zimmer erhalten ihr Tageslicht nur von der Straße. Die klösterliche Einrichtung, welche das Gebäude in Zimmer von gleicher Größe teilt und denselben keinen andern Eingang lässt, als die Türen, die auf einen langen Korridor führen, der nur durch kleine Fenster dicht unter der Decke erleuchtet wird, deutet darauf, dass dieses Haus ehedem ein Teil eines Klosters war. Dieser Anblick ist so traurig, dass die Heiterkeit eines jungen Mannes bereits verschwindet, ehe er bei meinem Nachbar eingetreten ist. Das Haus und er gleichen einander. Jenes ist der Felsen, dieser die Auster.

Sein Leben ist ein Geheimnis. Das einzige Wesen, mit dem er in Verbindung steht, bin ich. Er kommt zu mir um Feuer von mir zu holen; er borgt von mir ein Buch, eine Zeitschrift, und des Abends bin ich der einzige Mensch, dem er erlaubt, in seine Zelle zu treten und mit dem er gern spricht. Diese Zeichen des Zutrauens sind die Folgen einer siebenjährigen Nachbarschaft. Hat er Verwandte, Freunde? Ich weiß es nicht. Ich habe nie einen Sous bei ihm geliehen. Sein ganzes Vermögen liegt in den Kellern der Bank. Seine Beine sind dürr wie die eines Hirsches. Übrigens ist er ein Märtyrer seiner Klugheit, als er eines Tages zufällig Gold bei sich trug, bahnte sich ein doppelter Napoleon einen Weg aus seiner Tasche; ein anderer Mieter des Hauses, der ihm auf der Treppe folgte, fand das Goldstück, hob es auf und reichte es ihm hin.

»Das gehört nicht mir!«, antwortete er anscheinend erstaunt, »ich habe nie Gold bei mir und besitze nicht einmal Gold!«

Des Morgens bereitet er sich selbst seinen Kaffee in einem blechernen Kocher, den man fortwährend in der schwarzen Ecke seines Kamines stehen sieht. Ein Speisenwirt bringt ihm sein Mittagessen. Eine alte Türsteherin erscheint zu bestimmter Zeit, um sein Zimmer zu reinigen. Infolge eines Zufalls, den Sterne Vorausbestimmung nennen würde, heißt dieser Mann Herr Gobseck.

»Ich erkläre, dass Ihr Nachbar meine Neugierde außerordentlich rege macht«, sagte der alte Oheim.

14

»Ich würde ihn als einen Atheisten betrachten, wenn die Menschlichkeit und die Geselligkeit eine Religion wären, versetzte der Anwalt. Daher hatte ich mir auch vorgenommen, ihn zu beobachten. Ich nenne das die Anatomie des homo duplex, des moralischen Menschen, studieren. Aber fragen Sie mich nicht weiter, Herr Marquis, sonst möchten Sie meinen Eifer abkühlen. Ich nehme den Faden meiner Improvisation wieder auf.«

»Eines Abends trat ich bei dem Mann ein, der sich selbst zu Gold gemacht hatte. Ich fand ihn aus seinen Stuhl unbeweglich wie eine Statue und den Mantel des Kamins betrachtend, dessen Steine er zu zählen schien. Eine Blechlampe, welche dampfte und schmutzig war, warf einen rötlichen Schein auf sein bleiches Antlitz. Er richtete seine Augen auf mich, aber sagte kein Wort; mein Stuhl stand schon neben ihm bereit; er hatte mich also erwartet.«

Hat dieses Wesen Gedanken? fragte ich mich. Weiß er, dass es einen Gott gibt, dass es Gefühle, Frauen, Glück in der Welt gibt? Ich beklagte ihn, wie ich einen Kranken beklagt haben würde; allein ich begriff eben so wohl, dass er ist Gedanken die ganze Welt besitzen müsse, wenn er eine Million der Bank hätte.

»Guten Tag, Papa Gobseck!«, sagte ich zu ihm.

Er wandte sich zu mir und seine dichten schwarzen Brauen zogen sich leicht zusammen. Diese charakteristische Bewegung galt dem heitersten Lächeln eines Südländers gleich.

»Sie sind heute so finster, wie an jenem Tage, als man Ihnen die Zahlungsunfähigkeit jenes Buchhändlers anzeigte. Haben Sie etwa heute Ihre Zahlungen nicht erhalten? Denn wenn ich nicht irre, haben wir heute den Einunddreißigsten.«

Das war das erste Mal, dass ich über Geldsachen mit ihm sprach. Er blickte mich an und antwortete mir mit seiner sanften Stimme, welche den Tönen nicht unähnlich war, die ein Anfänger seiner Flöte entlockt:

»Ich belustigte mich ...«

»Sie belustigen sich also auch bisweilen?«

Er schulterte sich und richtete einen mitleidsvollen Blick auf mich.

»Glauben Sie, dass nur diejenigen Dichters sind, welche Verse drucken lassen?«, fragte er mich.

»Also Poesie in diesem Kopf!«, dachte ich.

»Es kann niemand ein glänzenderes Leben führen, als ich«, fuhr er fort und sein Auge belebte sich.

»Hören Sie mich an«, versetzte er dann. »Wenn ich Ihnen die Ereignisse-des heutigen Morgens erzähle, so werden sie meine Freuden erraten«

Er erhob sich, schob den Riegel vor seine Tür, zog einen alten Vorhang zu, dessen Ringe sich kreischend über die Eisenstange hinweg bewegten, und setzte sich dann wieder.

»Heute Morgen«, sagte er dann zu mir, »hatte ich nur zwei Wechsel zu empfangen, weil alle übrigen als Barzahlung an meine Kunden abgegeben waren. Der erste Wechsel wurde mir durch einen schönen jungen Mann präsentiert. Derselbe war in einem Tilbury vorgefahren. Das Papier war von einer der schönsten Frauen in Paris unterzeichnet, welche mit einem reichen Grundeigentümer vermählt ist. Der zweite Wechsel, der sich auf eine gleiche Summe belief, musste von einer Dame angenommen sein, denn er war Fanny Malvaut unterzeichnet. Er wurde mir von einem Leinwandhändler verkauft. Die Gräfin wohnte in der Rue du Helder und Fanny in der Rur Montmartre. Wenn

Sie wüssten, welche romanhaften Vermutungen ich bildete, als ich heute Morgen mein Zimmer verließ! Welche stolze Freude ergriff mich, als ich daran dachte, dass die beiden Frauen vielleicht zahlungsunfähig waren und mich mit einer solchen Achtung empfangen würden, als ob ich ihr Vater sei! Wie viel musste nicht die Gräfin um der tausend Franken willen tun! ... Sie musste eine freundliche Miene annehmen, musste mit jener sanften Stimme zu mir sprechen, mit der sie vielleicht nur zu dem Indossator den Wechsels spricht; musste schmeichelnde Worte an mich verschwenden, vielleicht mich bitten und mich ...«

Bei diesen Worten nahm der Greis eine eiskalte Miene an.

»Ich aber blieb dann unerschütterlich! Ich erschien als der Gott der Rache, als ein Gewissensbiss; aber lassen wir die Hypothesen. Ich trete in das Haue der Gräfin.«

»Die Frau Gräfin ist noch nicht aufgestanden«, sagte die Kammerjungfer zu mir.

»Wann wird sie zu sprechen sein?«

»Gegen Mittag.«

»Ist die Frau Gräfin krank?«

»Nein, mein Herr; allein sie ist erst um drei Uhr vom Ball zurückgekehrt.«

»Ich heiße Gobseck ... sagen Sie ihr meinen Namen. — Ich werde um Mittag wieder hier sein.«

Und ich ging, nachdem ich ein Zeichen meiner Gegenwart auf dem kostbaren Teppich zurückgelassen hatte, welcher die Stufen der Treppe bedeckte.

Dann ging ich in die Rue Montmartre, gelangte zu einem Hause, dessen äußerer Anschein wenig verhieß, schob einem alten Torweg auf und befand mich nun auf einem jener dunklen Höfe, welche nie von der Sonne beleuchtet werden. Die Loge des Portiers war dunkel und die Fenster derselben glichen den Ärmeln eines Kleides, welches zu lange in der Kirche getragen ist: Sie waren fettig, braun und reich an Sprüngen.

»Fräulein Fanny Malvaut?«

»Ist ausgegangen; wenn Sie aber etwa einen Wechsel bringen, so liegt das Geld schon da.«

»Ich werde wieder kommen«, sagte ich. »Da der Portier die Summe hatte, so wollte ich auch das junge Mädchen kennenlernen; ich stellte mir vor, dass es jung sei.«

Ich brachte den Morgen damit hin, dass ich die Kupferstiche betrachtete, welche auf dem Boulevard ausgestellt waren, und als die zwölfte Stunde schlug, trat ich in den Salon, durch welchen man nach dem Schlafzimmer der Gräfin gelangte.

»Madame hat eben erst geklingelt«, sagte die Kammerjungfer zu mir, »und ich glaube nicht, dass sie bereits zu sprechen ist.«

»Ich werde warten!«

Und ich setzte mich in einen vergoldeten Lehnsessel.

Kaum waren die Fensterladen geöffnet, als die Kammerjungfer zurückkam und zu mir sagte:

»Treten Sie ein, mein Herr.«

An dem Tone, mit welchem sie diese Worte aussprach, erriet ich, das ihre Herrin nicht bei Kasse sei. Welch ein herrliches Weib sah ich aber! Sie hatte in der Eile einen Kaschmirschal über ihre nackten Schultern geworfen, der sich so vollkommen an ihre Formen anschmiegte, dass man dieselben deutlich erkannte. Dabei war sie mit einem köstlichen Bademantel verhüllt, welcher so weiß war wie

Schnee. Ihre schwarzen Haare fielen unbedenklich unter einer niedlichen Nachthaube hervor. Ihr Bett gewährte ein Bild malerischer Unordnung. Man erkannte, dass ihr Schlaf unruhig gewesen sei. Ein Maler würde für sie gezahlt haben, wenn er dadurch die Erlaubnis erhalten hätte, diese Scene zu betrachten.

Unter den wollüstig übergeworfenen Bettvorhängen erblickte man ein Kopfkissen, das auf einen Pfühl von blauer Seide geworfen war, und dessen Spitzenbesatz schön von dem blauen Grunde abstach. Auf einem breiten Bärenfell, welches vor den Löwenfüßen des Bettes von Acajou lag, standen zwei Schuhe von weißer Seide, welche so sorglos abgeworfen waren, dass sie auf die Ermüdung deuteten, in welcher die Gräfin vom Ball zurückgekehrt war. Auf einem Stuhle lag ein zerknittertes Kleid, dessen Ärmel auf die Erde hingen. Strümpfe, welche ein Zephir hätte fortführen können, lagen neben einem Armsessel und weiße Kniebänder waren über die Lehne desselben geworfen. Blumen, Diamanten, Handschuhe, ein Strauß, ein Gürtel lagen unordentlich umher. Wohlgerüche kamen mir entgegen. Ein wertvoller Fächer, der zur Hälfte geöffnet war, lag auf dem Kantine. Die Schubfächer der Kommode waren halb geöffnet. Alles deutete auf Luxus und Unordnung, an Schönheit ohne Harmonie, auf Reichtum und Elend. Die erschlafften Züge der Gräfin glichen diesem Schlafzimmer, in welchem die Trümmer eines Festes umherlagen. Der zerstreute Plunder erregte mein Mitleid; abends vorher mochte er allgemeines Entzücken erweckt haben. Er gewährte gewissermaßen das Bild einer durch die Reue niedergeschmetterten Liebe, das Bild eines üppigem verschwenderischen und geräuschvollen Lebens, das Bild der Anstrengungen eines Tantalus, um unwesentliche Freuden zu erhaschen. Einige rote Stellen auf dem Anzug der jungen Frau bezeugten die Zartheit ihrer Haut; ihre Züge hatten sich gleichsam verbreitert; der braune Kreis, welcher die Augen umgab, war stärker angedeutet, als gewöhnlich. Dennoch hatte die Natur eine hinreichende innere Kraft, sodass diese Anzeichen einer durchschwärmten Nacht ihre Schönheit nicht verringerten. Ihre Augen leuchteten; sie glich einer jener Töchter des Herodes, welche der Pinsel des Leonardo da Vinci dargestellt hat, denn dieses Gemälde war einst bei mir versetzt. Ihre Lebenskraft war unerschöpft. Nichts Gemeines lag in den Umrissen oder in den Zügen, nichts hemmte den Gedanken. Sie flößte Liebe ein, allein sie schien mir stärken als die Liebe. Sie gefiel mir. Seit langer Zeit hatte mein Herz nicht geschlagen. Ich war schon bezahlt, denn ich gebe mehr als tausend Franken für ein Gefühl, welches mich an meine Jugend erinnert.

»Mein Herr«, sagte sie zu mir und deutete auf einen Stuhl, »würden Sie die Güte haben, zu warten? ...«

»Bis morgen Mittag, meine Dame«, antwortete ich und steckte den Wechsel wieder ein, den ich ihr präsentiert hatte ...

»Früher steht es mir nicht zu, einen Protest aufnehmen zu lassen ...«

Dann dachte ich: »Zahle für Deinen Luxus, zahle für Deinen Namen, zahle für Dein Glück, zahle für das Vorrecht, dessen Du Dich erfreust. Es gibt Richterstühle, Richter und, Schafotte für die Unglücklichen, die kein Brot haben; für Euch aber, die Ihr auf Seide und unter Seide schlafe, gibt es Gewissensbisse, Zähne, deren Fletschen hinter Lächeln verborgen wird und eiserne Krallen, dir Eure Herzen ergreifen.«

»Einen Protest! ... Ist das Ihr Ernst!« rief sie aus und blickte mich an. »Können Sie so rücksichtslos gegen mich handeln! ...«

»Wenn der König mir Geld schuldet, meine Dame, und er zahlte nicht, so würde ich die Gerichte gegen ihn anrufen ...«

In diesem Augenblick hörten wir leise an die Kammertür pochen.

»Ich bin nicht zu sprechen!«, rief die junge Frau gebieterisch.

»Emélie, ich möchte Dich dennoch gern sehen ...«

»Jetzt nicht, mein Lieber«, antwortete sie, und ihre Stimme war zwar weniger hart, aber dennoch ohne alle Freundlichkeit.

»Du scherzest; denn Du sprichst doch mit jemand ...«

Ein Mann, der nur der Graf sein konnte, trat plötzlich ein. Die Gräfin blickte mich an. Ich verstand sie. Sie wurde meine Sklavin. Ha! Es gab eine Zeit, da ich dumm genug gewesen wäre, in einem solchen Falle keinen Protest einzulegen.

»Was will der Herr?«, fragte mich der Graf.

Ich sah die Frau zusammenschaudern. Die weiße und samtene Haut ihres Halses zog sich fröstelnd zusammen. Sie hatte eine Gänsehaut, um uns in dem volkstümlichen Ausdrucke auszusprechen. Ich lachte, ohne dass ich eine meiner Muskeln verzog.

»Der Herr ist einer von meinen Lieferanten«, sagte sie.

Der Graf wandte mir den Rücken, ich aber zog den Wechsel zur Hälfte aus meiner Tasche. Bei dieser unerbittlichen Bewegung kam die junge Frau zu mir und überreichte mir einen Diamanten.

»Nehmen Sie«, sagte sie, »und gehen Sie! ...«

Ich gab ihr dagegen den Wechsel, empfahl mich und ging. Der Diamant war wenigstens zwölfhundert Franken wert. Auf dem Hofe sah ich zwei köstliche Kutschen stehen, welche gereinigt wurden, Diener bürsteten ihre Livreen und lackierten ihre Stiefel. Das sind die Gründe, dachte ich, welche diese Leute zu mir führen; um dieses Glanzes willen stehlen sie auf anständige Weise Millionen oder verraten ihr Vaterland. Um sich nicht zu beschmutzen, indem sie zu Fuß gehen, baden sie sich lieber im Kot! ... Gerade in diesem Augenblick öffnete sich der Torweg und der elegante Tilbury des jungen Mannes, welcher mir den Wechsel ausgestellt hatte, fuhr auf den Hof.

»Mein Herr«, sagte ich zu ihm, als er aus dem Wagen gestiegen war, »hier sind zweihundert Franken, welche ich Sie bitte, der Frau Gräfin zu übergeben; zugleich mögen Sie ihr mitteilen, dass ich das Pfand, welches ich heute Morgen von ihr empfangen habe, acht Tage lang aufheben werde.« Er nahm die zweihundert Franken und lächelte spöttisch, als hätte er sagen wollen:»Ha, ha! Sie hat bezahlt! Nun, desto besser.«

In den Zügen den Mannes las ich die Zukunft der Gräfin.

Ich begab mich in die Rue Montmartre zu Fräulein Fanny. Ich stieg eine kleine, ziemlich steile Treppe hinan, und im fünften Stock wurde ich in eine neu eingerichtete Wohnung geführt, in welcher alles außerordentlich sauber war. Nicht das geringste Stäubchen erblickte ich auf den Möbels, welche, so einfach sie auch waren, dennoch eine köstliche Zierde des Zimmers bildeten. Fräulein Fanny war eine junge Pariserin, mit einem frischen und schönen Köpfchen, kastanienbraunen Haaren und blauen Augen, welche rein waren wie Kristall. Sie war einfach gekleidet. Das Tageslicht, welches zwischen den kleinen Vorhängen der Fenster hindurchfiel, warf einen milden Schein auf ihre himmlischen Züge. Sie nähte leinen Zeug und zahlreiche Stücken zugeschnittener Leinwand, welche um sie her lagen, kündeten mir ihre gewöhnliche Beschäftigung an. Sie bot mir ein ideales Bild der Einsamkeit. Als ich ihr den Wechsel präsentierte, sagte ich zugleich, das ich sie am Morgen nicht zu Hause angetroffen hätte.

»Die Türschließerin hatte ja das Geld!«, sagte sie.

Ich stellte mich, als verstünde ich sie nicht.

»Das Fräulein geht sehr früh aus, wie es scheint.«

»O! Ich bin selten außer dem Hause. Wenn man aber die Nacht hindurcharbeitet, so muss man bisweilen ein Bad nehmen.«

Ich blickte sie an und erriet alles. Sie stammte aus einer Familie, die vordem reich gewesen war, jetzt aber sich zur Arbeit verurteilt sah. Aus ihren Zügen leuchteten Tugend, Bescheidenheit und angeborener Adel. Alles um sie her stimmte zu ihrem Benehmen. Es schien mir, als könne man selbst aus der Luft dieses Zimmers Reinheit und Offenherzigkeit einatmen. Meine Brust hob sich freier. Ich erblickte ein einfaches Bett und über demselben ein Kruzifix, das mit zwei Buchsbaumzweigen geschmückt war. Ich fühlte mich gerührt. Fast hätte ich ihr das Geld lassen können, und den Diamant der Gräfin dazu; allein ich bedachte, dass dieses Geschenk vielleicht ihr Unglück werden könne, und nachdem ich alles überlegt hatte, behielt ich alles, um so mehr, da der Diamant für eine Schauspielerin oder eine Braut wohl fünfzehnhundert Franken wert ist. Überdies, dachte ich, hat sie vielleicht ebenfalls einen kleinen Vetter, der sich den Diamant zu Nutzen machen und die tausend Franken verzehren könnte.

Als Sie eben eintraten, dachte ich daran, dass Fanny Malvaut ein recht hübsches Weibchen werden könnte.

Vierzehn Tage lang werde ich an dieses reine und einsam Leben denken und es dem der Gräfin entgegensetzen, welche schon mit einem Fuße in dem Laster steht.

»Ja!« , fuhr er fort, nachdem er einige Zeit geschwiegen und ich ihn aufmerksam geprüft hatte, »es hat gewiss einen Wert wenn man auf solche Weise die geheimsten Falten des menschlichen Herzens durchblicken und das Leben Anderen ohne Hülle sehen kann! Es gibt dabei ewig abwechselnde Schauspiele schreckliche Wunden, grausamen Kummer, Szenen der Liebe, Elend, auf das bereits das Wasser der Seine wartet, jugendliche Freuden, die zum Schafott führen, Lachen der Verzweiflung und prachtvolle Feste. Gestern ein Trauerspiel: Ein Vater erhängt sich, weil er seine Kinder nicht mehr ernähren kann; morgen ein Lustspiel: Ein junger Mann versucht die Rolle des Herrn Dimanche mit Variationen zu spielen. Ich hörte Mirabeaus Beredsamkeit rühmen. Ich habe ihn zu seiner Zeit selbst gehört, aber nie hat er mich ergriffen. Dagegen hörte ich oft ein verliebtes junges Mädchen sprechen, oder einen alten Kaufmann an dem Abhang eines Bankrotts, eine Mutter, welche den Fehltritt ihres Sohnes verbergen wollte, einen Mann ohne Brot, einen Großen ohne Ehre, und schauderte ob der Macht ihrer Worte. Erhabene Schauspieler spielten sie für mich allein. Aber man täuscht mich nicht. Mein Blick ist gleich dem des Ewigen! Er schaut in die Herzen. Nichts ist uns verborgen. Was fehlt mir? Ich besitze alles. Man kann dem nichts verweigern, der die Schnüre eines Beutels zu öffnen und zu schließen hat. Man erkauft die Diener und das Gewissen und nennt das Macht. Man erkauft die Weiber und die zärtlichsten Liebkosungen und nennt das Freude und Schönheit; man erkauft alles. Wir sind die stillen und unbekannten Könige des Lebens, denn das Geld ist das Leben. Wir sind unser etwas dreißig in Paris. Verbunden durch Gleichheit des Interesses versammeln wir uns an gewissen Tagen in der Woche in einem Kaffeehaus bei dem Pont-Neuf. Dort enthüllen wir uns alle Geheimnisse des Geldes. Kein äußerer Glanz kann uns täuschen, denn wir besitzen die Geheimnisse aller Familien und haben eine Art schwarzen Buchs, in welchem dies wichtigsten Bemerkungen über den öffentlichen Kredit, die Bank und den Handel eingetragen werden. Wir zergliedern die gleichgültigsten Handlungen. Wir sind die Kasuisten der Börse. Gleich mir sind alle die Übrigen dahin gekommen, das sie nach der Jesuiten Vorbild die Macht und das Geld nur um der Macht und um des Geldes willen lieben. Hier«, fuhr er fort und zeigte auf sein nacktes und kaltes Zimmer, »hier steht mit gefalteten Händen der feurigste Liebhaber, der sich sonst über einen Blick erzürnt und um eines Wortes willen den Degen zieht; hier bitter der stolzeste Kaufmann; hier bittet das Weib, welches am meisten auf seine Schönheit eitel ist; hier bittet der hochmütigste Krieger, bitten die berühmtesten Künstler und die Schriftsteller, deren Namen noch die Nachwelt feiern wird; hier ist eine Waage«, fuhr er dann fort und legte die Hand an seine Stirn, »in der man die Erbschaften wägt und ganz Paris! Glaubt Ihr noch, dass es keine Freuden gibt hinter dieser weißen Maske, deren Starrheit Euch so oft mit Staunen erfüllt hat?« fragte er mich und zeigte auf sein bleiches Antlitz, welches nach Geld roch.

Erstaunt kehrte ich auf mein Zimmer zurück. Der kleine dürre Greis hatte für mich größere Verhältnisse gewonnen. Er hatte sich in meinen Augen in ein fantastisches Bild umgewandelt: Ich hatte bei ihm die Macht des Geldes erkannt. Das Leben und die Menschen erfüllten mich mit Schauder.

»So ist denn also das Geld der allgemeine Hebel der Dinge?«, fragte ich mich.

Ich erinnere mich, dass ich erst sehr spät einschlief. Haufen von Gold erblickte ich um mich. Das Antlitz der schönen Gräfin beschäftigte mich lange Zeit, und zu meiner Schande muss ich gestehen, dass sie vollkommen das Bild jenes sanften und reizenden Geschöpfes verdunkelte, welches sich der Arbeit und Einsamkeit gewidmet hatte.

Allein am folgenden Morgen erschien mir in den Traumbildern meines Schlummers Fannys himmlische Gestalt in ihrer ganzen Schönheit, und ich dachte nur noch an sie.

»Wollen Sie ein Glas Zuckerwasser?«, unterbrach die Vicomtesse den Anwalt.

»Wenn ich darum bitten darf«, antwortete er.

Frau von Grandlieu klingelte.

»Aber«, sagte sie, »ich erblicke nichts in der Geschichte, was eine Beziehung auf uns hätte ...«

»Sardanaval! ... «, rief der Anwalt aus, denn es war das sein gewöhnlicher Fluch. »Ich werde Fräulein Camille erst noch aufmerksam machen müssen, dass ihr Glück von dem Vater Gobseck abhängt, und was Fanny Malvaut anbetrifft ... so kennen Sie dieselbe ... sie ist meine Frau!«

»Der arme Mann würde das mit seiner gewöhnlichen Freimütigkeit vor zwanzig Personen gestehen!« versetzte die Gräfin.

»Ich würde es dem ganzen Weltall zurufen ... «, sagte der Anwalt.

»Trinken Sie, trinken Sie, mein armer Freund, Sie sind der glücklichste und der beste aller Männer ...«

»Sie werden noch weiter fortfahren?«, fragte Camilla.

»Gewiss«

»Ich verließ Sie in der Rue du Helder, bei einer Gräfin!«, sagte der alte Marquis, indem er aus einem Schlummer erwachte. »Was haben Sie da gemacht? ...«

Der Anwalt.

Einige Tage nach der Unterhaltung, welche ich mit Herrn Gobseck gehabt hatte, bestand ich meine Prüfung. Ich wurde Lizenziat der Rechte und dann Advokat. Das Zutrauen, welches der alte Geizhals zu mir hatte, wuchs noch bedeutend. Er zog mich bei den schwierigen Angelegenheiten zurate, in welche er sich mit einer unglaublichen Kühnheit einließ, freilich aber, ohne mir etwas für meinen Rat zu zahlen; und dieser Mann, über den niemand die geringste Herrschaft zu erringen vermochte, befolgte meine Winke mit einer Art von Achtung. Wahr ist es, dass er sich dabei stets wohl befand. An dem Tage, an welchem ich zum ersten Schreiber der Schreibstube ernannt wurde, in welcher ich seit drei Jahren gearbeitet hatte, verließ ich das Haus in der Rue des Grès und zog zu meinem Patron, der mir Tisch und Wohnung gab.

Als ich Abschied von dem Wucherer nahm, bezeugte mir dieser weder eine Freude noch ein Bedauern. Er forderte mich nicht auf, ihn bisweilen zu besuchen, wohl aber warf er auf mich einen jener tiefen Blicke, welche bei ihm gewissermaßen die Gabe des Zweiten Gesichts zu verraten schienen.

Nach acht Tagen erhielt ich einen Besuch von meinem alten Nachbar. Er befragte mich wegen einer ziemlich schwierigen Angelegenheit. Es war das eine Exproriation. Er fuhr fort, unentgeltlichen Rat von mir zu verlangen und benahm sich dabei so frei, als ob er mich teuer bezahlte. Gegen Ende des zweiten Jahres befand sich mein Patron, ein genusssüchtiger und sehr verschwenderischer Mann, in bedeutender Verlegenheit. Er war gezwungen, seine Schreibstube zu verkaufen. Damals es war das 1816, hatten die

Schreibstuben noch nicht jenes ungeheuren Wert erlangt, zu welchem sie jetzt gestiegen sind, sodass mein Patron dieselbe fast verschenkte, indem er siebzigtausend Franken verlangte: Ein tätiger, unterrichteter, verständiger Mann konnte diese Summe in zwei Jahren verdienen, wenn er nur Zutrauen einflößte.

Ich besaß keinen Kreuzer und kannte in der ganzen Welt keinen andern Kapitalisten, als den Vater Gobseck. Ein ehrsüchtiger Gedanke und ein Schein der Hoffnung verliehen den Muth, zu dem Wucherer zu gehen.

Eines Abends machte ich mich demnach mit langsam Schritten nach der Rue des Grès. Mein Herz schlug lebhaft, als ich an die düstere Tür pochte. Ich erinnerte mich an alles das, was ehedem der alte Geizhals zu mir gesagt hatte, als ich noch fern war, die Heftigkeit der beängstigenden Gefühle zu ahnen, welche an der Schwelle dieser Tür begannen. Auch ich wollte ihn jetzt bitten, wie vor mir so viele Andere.

»Nein«, dachte ich, »ein rechtschaffener Manns muss allenthalben seine Würde behaupten. Man muss nie mit Gemeinheiten seinen Reichtum erkaufen.«

Seit ich aus dem Hause gezogen war, hatte der Vater Gobseck in der Mitte seiner Tür eine kleine Klappe anbringen lassen, und er öffnete nicht eher, bis er mich durch die Klappe erkannt hatte.

»Nun«, sagte er mit seiner feinen und flötenden Stimme, »es scheint, als werde Ihr Patron seine Schreibstube verkaufen?«

»Woher wissen Sie das? Bisher hat er es nur mir gesagt.«

Die beiden Lippen des Greises zogen sich wie Vorhänge nach den Winkeln des Mundes zurück; dann folgte auf dieses stumme Lächeln ein gewichtiger und kalter Blick.

»Es bedurfte dieses Grundes, um Sie bei mir zu sehen«, fuhr er dann in einem trocknen Tone nach einer Pause fort, während ich im höchsten Grade verlegen da stand.

»Hören Sie mich an. Herr Gobseck«, sagte ich mit so viel Ruhe, wie ich zu erheucheln vermochte, denn der Greis richtete Blicke auf mich, deren Feuer mich mit einer inneren Angst erfüllte.

Er nickte mir mit dem Kopfe zu, als hätte er damit sagen wollen: »Reden Sie.«

»Ich weiß, dass es sehr schwierig ist, Sie zu rühren; daher werde ich auch meine Beredsamkeit nicht verschwenden, um Ihnen die Lage eines elternlosen Jünglings zu schildern, der nicht einen Pfennig hat, nur auf Sie hofft und kein anderes Herz in der Welt kennt, als das Ihrige; dem er seine Besorgnis wegen der Zukunft anvertrauen könnte. Das ist alles sehr schön; allein Geschäftssachen werden wie Geschäftssachen abgeschlossen, nicht aber mit Empfindsamkeit, wie Romane. Also zur Sache: Die Schreibstube meines Patrons bringt jetzt dreißigtausend Franken jährlich ein, und ich hoffe, das ich die Einnahme derselben bis auf fünfzigtausend erhöhen werde. Er will sie für siebzigtausend Franken verkaufen, und wollten Sie mir die zur Erwerbung nötige Summe vorstrecken, so fühle ach die Kraft in mir, dieselbe binnen zwei Jahren wieder abzutragen.«

»Das heißt reden ... «, sagte der Vater Gobseck mit sanfter Stimme, reichte mir die Hand und drückte mir dieselbe.

»Seit ich mich mit Geschäftssachen abgebe«, fuhr er dann fort, »hat mir noch niemand auf so offene Weise die Gründe seines Besuchs auseinandergesetzt. — Bürgschaften?« fragte er dann und maß mich mit seinen Blicken vom Haupt bis zu den Füßen. — »Keine. — Wie alt sind Sie? ...«

»Siebenundzwanzig Jahre ... «, antwortete ich.

»Bringen Sie mir morgen früh Ihren Geburtsschein, und sich werde dann weiter mit Ihnen über die Angelegenheiten sprechen. Ich werde die Sache überlegen.«

Am andern Tage war ich um acht Uhr morgens bei des Greise. Er nahm den von der Mairie ausgestellten Geburtsschein aus meinen Händen, setzte seine Brille auf, hustete, spuckte aus, zog seinen schwarzen Schlafrock enger um sich zusammen, las den Schein durch, betrachtete das Papier von hinten und von vorn, hustete und spuckte wieder, gab mir dann den Geburtsschein zurück, rückte auf seinem Stuhle zur Seite und sagte dann zu mir:

»Die Sache ließe sich vielleicht machen ...«

Ich zitterte vor Freude.

»Ich ziehe jedoch fünfzehn Prozent von meinen Geldern«, fuhr er fort.

Bei diesen Worten erbleichte ich.

»Da wir aber miteinander bekannt sind, so will ich mich mit zwölf Prozent Zinsen begnügen, sind Sie damit zufrieden?«

»Ja«, antwortete ich.

»Wenn es Ihnen aber zu viel ist«, fuhr er fort, »so sagen Sie es; ich verlange zwölf und ein halb Prozent von Ihnen; sehen Sie aber zu, ob Sie so viel bezahlen können? Ich liebe die Leute nicht, die in alles einwilligen, Ist es zu viel?«

»Nein«, sagte ich, »ich werde meinen Verpflichtungen nachkommen, wenn ich etwas mehr Arbeit auf mich nehme.«

»Wetter! Ihre Klienten werden also bezahlen müssen!«

»Nein, bei allen Teufeln nicht!«, rief ich aus, »ich werde bezahlen! Lieber will ich mir die Hand abhauen, als jemand schinden ...«

»Schlafen Sie wohl ... «, sagte der Vater Gobseck.

»Die Honorare sind ja festgesetzt ...« entgegnete ich ihm.

»Nicht in allen Fällen«, versetzte er. »Sie können tausend, zehntausend Franken mehr aufsetzen, je nach der Wichtigkeit der Angelegenheiten, für Ihre Beratungen mit den Klienten, für Ihre Wege, für Ihre schriftlichen und mündlichen Arbeiten. Man muss sich nur auf solche Angelegenheiten verstehen. Ich werde Sie als den geschicktesten und gelehrtesten Anwalt empfehlen und Ihnen alle einträglichen Prozesse zuschicken, sodass Ihre Kollegen vor Neid platzen sollen; Werbrust, Palma, Gigonnet, meine Kollegen werden Sie mit ihren Expropriationen beauftragen, und Gott weiß, wie viel sie deren haben! Somit bekommen Sie eine doppelte Kundschaft! Diejenige, welche Sie erkaufen, und diejenige, welche ich Ihnen verschaffe ... Sie sollten mir eigentlich fünfzehn Prozent für meine siebzigtausend Franken geben.«

»Auch das mag sein!«, sagte ich.

Der Vater Gobseck wurde außerordentlich freundlich.

»Ich werde selbst das Geld für die Schreibstube Ihres Patrons zahlen, damit ich mir eine möglichst sichere Hypothek verschaffe.«

»O! Tun Sie alles, was Sie wollen, um sich sicherzustellen ...«

»Dann stellen Sie mir für das gezahlte Geld siebzig diskontierte Wechsel aus, jeden für die Summe von tausend Franken.«

»Vorausgesetzt, dass ich mich auf die doppelte Clientschaft verlassen kann ...«

»Warum wollen Sie weniger Zutrauen zu mir haben, sie ich zu Ihnen?«, rief Gobseck aus.

Ich schwieg.

»Überdies«, fuhr er dann in einem gutmütigen Tone fort, »besorgen Sie alle meine Angelegenheiten, solange ich lebe, ohne dafür ein Honorar zu verlangen; nicht wahr?«

»Es sei, vorausgesetzt, dass ich dabei keine Vorschüsse zu machen habe ...«

»Sie haben recht«, sagte er; »Nun«, fuhr dann der Greis fort, der sich alle mögliche Mühe gab, um ein gutmütiges Aussehen anzunehmen, »Sie erlauben mir also, dass ich Sie besuche?«

»Sie werden mir damit eine große Freude machen ...«,

»Des Morgens wird es aber nicht gut gehen, Sie haben Ihre Geschäfte und ich die Meinigen.«

»Kommen Sie des Abends.«

»O nein!«, antwortete er rasch. »Abends müssen Sie Ihre Klienten besuchen und ich meine Freunde in unserem Kaffeehause.«

»Nun, dann kommen Sie zur Zeit des Mittagsessens!«

»Ganz recht«, sagte Gobseck. »Noch der Börse, um fünf Uhr ... Sie werden mich alle Mittwochen und Sonnabende sehen. Wir sprechen dann wie ein Paar Freunde von unsern Angelegenheiten. Ich kann außerordentlich heiter sein, wenn ich ein Rebhuhn und ein Glas Champagner vor mir habe.«

»Es mag auch um das Rebhuhn und um das Glas Champagner sein!«

»O! Machen Sie keine Narrheiten, Sie würden mein Zutrauen verlieren. Richten Sie kein großes Haus ein. Nehmen Sie nur eine alte Haushälterin an! Wenn ich Sie zu besuchen wünsche, so geschieht das nur, um mich von Ihrem Wohlbefinden zu überzeugen und von dem guten Fortgang Ihrer

Geschäfte ... Nun kommen Sie heute Abend mit Ihrem Patron.«

»Darf ich Sie wohl fragen, wenn Sie es mir nicht übel nehmen wollen«, fragte ich den kleinen Greis, als ich auf der Schwelle der Tür stand, »was mein Geburtsschein mit der Sache zu tun hat?«

Herr Gobseck schulterte sich, lachte dann boshaft und antwortete:

»Wie dumm doch die Jugend ist! ... Wissen Sie also, mein Herr Anwalt, dass man vor dem dreißigsten Jahre die Rechtschaffenheit und das Talent noch einigermaßen als Hypothek ansetzen kann; nach diesem Alter aber kann man nicht mehr viel auf einen Menschen rechnen.«

Damit schloss er seine Tür. Einen Monat später war ich Anwalt. Bald hatte ich das Glück, meine Dame, die Wiederherstellung Ihres Vermögens leiten zu können. Ich gewann diesen Prozess, wurde dadurch bekannt und binnen zwei Jahres war ich ungeachtet der ungeheuren Zinsen, die ich an Gobseck zu zahlen hatte, frei von allen Verpflichtungen und Besitzer eines anständigen Vermögens. Dann heiratete ich Fanny Malvaut. Wir liebten uns aufrichtig, und die Gleichartung unserer Lage, unserer Arbeiten und Erfolge verband mit der Reinheit unserer Gefühle etwas Rührendes.

Seit jenem Tage ist mein Leben ein glückliches und gesegnetes gewesen. Sprechen wir daher nicht mehr von mir, denn nichts ist so unerträglich, als von dem Glücke eines Menschen zu hören.

Einen Monat nach dem Ankauf meiner Schreibstube fand ich mich fast wider meinen Willen zu einem Junggesellenfrühstück gezogen. Dieses Mahl war die Folge einer Wette, welche einer meiner Kollegen gegen einen jungen Mann verloren hatte, der damals in der eleganten Welt ein großes Aufsehen erregte.

Dieser Geck genoss eines ungemeinen Ansehens. Er war die Blüte des Dandyismus der damaligen Zeit. Niemand wusste sich geschmackvoller zu kleiden, niemand besser einen Tandem zu leiten. Alle Frauen waren in ihn vernarrt. Er verstand sich auf Pferde, Hüte, Gemälde. Mehr als hunderttausend Franken verzehrte er jährlich, ohne dass er irgendein Eigentum, irgendein Vermögen gehabt hätte. Er verstand mit mehr Anmut zu spielen, zu essen und zu trinken, als irgendjemand in der Welt. Er war der Typus der irrenden Ritterschaft unserer Salons, unserer Boudoirs und unserer Boulevards; so eine Art Amphibium halb Mann und halb Weib; war ein einziges Wesen, zu allem gut und zu Nichts tauglich; gefürchtet und verachtet, verstand alles und wusste Nichts, war eben so bereit eine Wohltat zu vollbringen, wie ein Verbrechen zu begehen, bald edel, bald niederträchtig, mehr mit Kot beschmutzt als mit Blut befleckt; kannte wohl den Kummer, nicht aber die Reue, hielt mehr auf die Verdauung, als auf das Denken, heuchelte Liebe und fühlte Nichts: Kurz, er war ein glänzender Ring, der den Bagno mit der höheren Gesellschaft verknüpfte. Mit einem Worte, er war ein Mann, der zu jener ungemein geistesstarken Klasse gehörte, aus welcher bisweilen ein Mirabeau, ein Pitt, ein Richelieu hervorgeht, die aber noch öfter Männer liefert, wie Jeffries, Laubardemont und Coignard.

Ich hatte schon viel von diesem Menschen sprechen gehört, aber eben so oft die gefährliche Ehre vermieden, mit ihm zusammenzutreffen. Dennoch bat mich mein College so sehr, dass ich an dem Frühstück teilnehmen möchte, dass ich mich demselben nicht entziehen konnte, ohne für altväterlich gehalten zu werden.

Es möchte Ihnen schwer fallen, ein Junggesellenfrühstück zu begreifen. Es herrscht dabei eine Pracht und ein Aufwand, die im Punkte der Bedienung und der Speisen selten sind. Es ist der Luxus eines Geizhalses, der aus Eitelkeit für einen Tag üppig wird. Wenn man eintritt, so wundert man sich über die Ordnung, welche auf den mit damastenen Tüchern belegten und von Silber und Kristall glänzenden Tischen herrscht. Dieser Prunk grenzt an das Wundersame. Das Leben erscheint dabei in seiner Blüte. Die jungen Leute sind frisch und heiter. Sie lächeln und reden mit leiser Stimme. Sie gleichen jungen Bräuten, um die sich alles noch jungfräulich gestaltet. Zwei Stunden später geht es dagegen wie auf einem Schlachtfelde nach dem Treffen. Allenthalben zerbrochene Gläser, auf der Erde zertretene und zerknitterte Servierten hier und da Reste von Speisen, die uns mit Widerwillen erfüllen; dann vernimmt man ein Geschrei, das einem die Ohren zerreißt, scherzhafte Trinksprüche, ein Plänklerfeuer von Epigrammen und schlechten Witzen; die Gesichter sind glühend rot, die entzündeten Augen sagen nichts mehr, aber der Mund ist zu einem so unwillkürlichen Vertrauen hingerissen dass er alles sagt.

Inmitten dieses höllischen Lärms zerbrechen die Einen ihre Flaschen, stimmen Andere Gesänge an. Es erheben sich, Gerüche, die von hundert riechenden Dingen ausgehen, es wird ein Lärmen laut, der aus hundert Stimmen zusammengesetzt ist. Man weiß nicht mehr, was man isst, was man trinkt, was man sagt. Einige sind traurig, Andere plaudern; dieser ist Monomane und wiederholt ewig dasselbe Wort, wie eine Glocke, die in Bewegung gesetzt ist, ewig denselben Ton wiederholt; jener will das Toben stillen; der Klügste schlägt eine Orgie vor. Träte ein kaltblütiger Mann ein, so würde er glauben, zu einer Bacchusfeier versetzt zu sein.

Es war inmitten eines solchen Tumults, von welchem Sie sich auf keine Weise einen Begriff zu machen vermögen, als das Haupt dieses klassischen Festes sich in mein Gunst einzuschmeicheln suchte. Ich hatte so ziemlich meine Vernunft behauptet und war auf meiner Hut. Was ihn betraf, so stellte er sich zwar, als sei er anständig betrunken, aber dennoch war er kaltblütig und dachte nur an seine Angelegenheiten. Ich weiß in der Tat nicht, wie es kam, als ich aber Grignons Salon verließ, es war gegen neun Uhr abends, da hatte er mich vollkommen bezaubert und ich ihm versprochen, dass ich ihn am folgenden Tage zu Herrn Gobseck geleiten wollte.

Die Worte: Ehre, — Tugend, — Gräfin, — edle Frau, — Unglück waren durch seine gewandte Zunge wie durch einen Zauber in seine Reden eingeflochten. Als ich am folgenden Morgen erwachte und mich dessen erinnern wollte, was ich es abends vorher gesagt und getan hatte, vermochte ich kaum an einige Gedanken zu verbinden. Nur so viel wusste ich noch, dass irgendeine Gräfin in Gefahr schwebe, ihren Ruf, die Achtung und die Liebe ihres Gemahls zu verlieren, wenn sie nicht bis zum folgenden Tage etwa fünfzigtausend Franken in den Händen hätte. Sie hatte Spielschulden gemacht, hatte Geld in der Lotterie verloren, Rechnungen des Wagenbauers zu bezahlen, und mein zauberischer Zechgenosse hatte mich versichert, dass sie reich genug sei, um von den Ersparnissen einiger Jahre den ihrem Vermögen zugefügten Stoß wieder gut zu machen.

Ich begann nun zu begreifen, weshalb mein College mich ist so eifrig zu der Teilnahme an dem Frühstück beredet hatte; muss aber zu meiner Schande gestehen, dass ich nicht ahnte, wie wichtig es für meinen Verführer war, sich mit Herrn Gobseck wieder zu versöhnen.

Als ich mich von meinem Bette erhob, trat der junge Fashionable ein.

»Mein Herr Vicomte«, sagte ich zu ihm, nachdem ich die üblichen Begrüßungen mit ihm gewechselt hatte, »ich sehe nicht ein, warum Sie meiner bedürfen, um sich zu Herrn Gobseck zu begeben. Er ist der höflichste und gefälligste von allen Kapitalisten. Er wird Ihnen Geld geben, wenn er dessen hat, oder vielmehr, wenn Sie ihm eine hinreichende Bürgschaft gewähren ...«

»Mein Herr«, antwortete er mir, »ich will Sie keineswegs zwingen, mir einen Dienst zu leisten, wenn Sie auch mir Wort gegeben haben ...«

»Sardanaval!«, dachte ich, soll der Mann von mir glauben, dass ich mein Wort nicht halte?

»Ich habe die Ehre gehabt, Ihnen gestern mitzuteilen, dass ich mich zu sehr ungelegener Zeit mit dem Papa Gobseck verunwilligt habe; und da niemand in Paris ist, als er, der auf der Stelle und an dem Tage nach einem Monatsschlusse so ein hunderttausend Franken ausspucken könnte, so hatte ich sie gebeten mich mit ihm zu versöhnen ... Aber sprechen wir nicht mehr davon.«

Er blickte mich auf eine höfliche, aber beleidigende Weise an und wollte gehen, als ich zu ihm sagte:

»Ich bin bereit, Sie zu begleiten.«

Als wir in die Rue des Grès kamen, schaute der junge Mann mit einer Aufmerksamkeit und Unruhe um sich, die mich in Staunen versetzte. Sein Antlitz wurde abwechselnd bleifarben, glühend rot und gelb. Er war von einer furchtbaren Angst ergriffen; denn Schweißtropfen traten auf seine Stirn, als er die Tür des Hauses erblickte, in welchem Herr Gobseck wohnte.

Als wie aus dem Tilbury stiegen, fuhr ein Fiaker in die Straße des Grès. Dem jungen Manne erlaubte sein Falkenauge, in dem Hintergrunde jener Kutsche eine Frau zu erblicken, und ein Ausdruck fast wilder Freude belebte sein Antlitz. Er rief einem Knaben zu, welcher vorüberging, und trug ihm auf sein Pferd zu halten.

Wir stiegen zu dem alten Geizhals hinauf.

»Vater Gobseck«, sagte ich tu ihm, »ich stelle Ihnen hier einen meiner vertrautesten Freunde vor ... dem ich den Teufel nicht zutraue«, sagte ich dem Greise in das Ohr. »Würden sie ihm wohl um meinetwillen Geld gegen den gewöhnlichen Zinssatz borgen und ihn aus einer Verlegenheit ziehen?«, fuhr ich fort.

»Wenn wir einig werden können ...«

Der Vicomte verneigte sich gegen den Wucherer, setzte sich und nahm eine jener hofmännischen Haltungen an, deren anmutige Gemeinheit unmöglich zu beschreiben ist.

Der Vater Gobseck war ruhig und regungslos auf seinem Stuhle neben dem Kamin sitzen geblieben. Er glich der Statue Voltaires unter dem Peristyl des Theater Françaíse. Zum Gruß lüftete er ganz leicht das abgenutzte graue Käpplein, mit welchem er sein Haupt bedeckte, und der geringe Teil seines gelben Schädels, den er zeigte, vollendete seine Ähnlichkeit mit dem Marmor.

»Ich habe nur für meine Kunden Geld!«, sagte der Wucherer.

»Sie sind also böse darüber, dass ich bei einem Andern gewesen bin, um mich zugrunde richten zu lassen?«, fragte der junge Mann lachend.

»Ja Grunde richten zu lassen?« versetzte der Vater Gobseck in einem spöttischen Tone.

»Wollen Sie etwa damit sagen, dass man einen Mann, der nichts hat, nicht zugrunde richten kann' ... Ich glaube nicht, dass Sie in Paris ein schöneres Kapital finden können, als mich!« sagte der Fashionable, indem er sich erhob und auf seinem Absatz umdrehte.

Dieser fast ernstlich gemeiner Witz vermochte Gobseck nicht zu erregen.

»Bin ich nicht die glänzendste Industrie?«

»Wahrhaftig!«

»Sie machen aus mir einen Schwamm und ermutigen mich, dass ich mich mitten in der Welt vollsauge; Ihr seid aber ebenfalls Schwämme und der Tod wird Euch ausdrücken!«

»Möglich!«

»Was wäret Ihr ohne die Verschwender? Wir beide bilden zusammen Seele und Körper.«

»Richtig ...«

»Nun, die Hand darauf, mein alter Gobseck, und seid großmütig ... wenn das wahrhaftig, möglich und richtig ist.«

»Sie kommen zu mir«, antwortete der Wucherer mit Kälte, »weil Girard, Palma, Werbrust und Gigonnet den Wagen voll von Ihren Wechseln haben. Sie bieten dieselben überall mit fünfzig Prozent Verlust aus; da sie aber wahrscheinlich nur die Hälfte des Wertes bar bezahlt haben, so sind jene Wechsel nur fünfundzwanzig Prozent wert ... «

»Gehorsamer Diener.«

»Kann ich einem Manne, der dreißigtausend Franken schuldig ist und nicht einen Heller besitzt, auch nur einen Kreuzer borgen?«, fuhr Gobseck fort. »Überdies haben Sie vorgestern auf dem Ball bei Herrn Lafitte erst zehntausend Franken verloren.«

»Mein Herr«, antwortete der junge Mann mit einer seltenen Unverschämtheit und trat dem Greise einige Schritte näher, »meine Verhältnisse gehen Sie nichts an. Wer Frist hat, schuldet nichts.«

»Wahrhaftig!«

»Meine Wechsel werden bezahlt werden.«

»Möglich!«

»Und in diesem Augenblick fragt es sich nur, ob ich Ihnen eine hinreichende Bürgschaft für die Summe gewähre, welche ich von Ihnen borgen will ...«

»Richtig.«

Ein Fiaker rollte über die Straße und hielt an vor der Tür.

»Ich werde jetzt etwas holen, wodurch Sie vielleicht befriedigt werden«, sagte der junge Mann.

»O, mein Sohn!«, sagte der Vater Gobseck, als der Borger sich entfernt hatte, erhob sich und reichte mir die Arme entgegen, »Du rettest mir das Leben! Ich wäre daran gestorben: Werbrust und Gigonnet haben mir einen Possen zu spielen geglaubt: Dir verdanke ich es, dass ich heute Abend auf ihre Unkosten lachen kann.«

In der Freude des Greises lag etwas Grauenhaftes. Das war das erste Mal, dass er sich gegen mich so heiter gezeigt hatte, und nie werde ich diese Heiterkeit vergessen obgleich sie nur einen flüchtigen Augenblick dauerte.

»Gewähren Sie mir die Freude und bleiben Sie hier ... «, fuhr er fort; »ich bin zwar bewaffnet und kann mich auf meinen Dolch verlassen allein ich traue dem Menschen doch nicht ... « Mit diesen Worten setzte er sich auf seinen Armstuhl vor den Schreibtisch. Sein Antlitz wurde wieder ruhig und ausdruckslos. Dann fuhr er fort, indem er sich zu mir wandte: »Ohne Zweifel werden Sie eine Dame sehen, von der ich Ihnen bereits früher erzählt habe, denn ich höre auf dem Korridor weibliche Schritte.«

In der Tat kehrte der junge Mann zurück, während er eine Dame führte, die mir fünfundzwanzig bis sechsundzwanzig Jahre alt zu sein schien. Sie war von bemerkenswerter Schönheit und ich erkannte leicht in ihr jene Gräfin, deren Verlegenheit und Angst Gobseck mir ehedem geschildert hatte. Als sie in das kalte und düstere Zimmer des Wucherers trat, warf sie einen misstrauischen Blick auf den Vicomte. Sie war so schön dass ich sie ihrer Fehler ungeachtet bemitleidete. Sie duldete innerlich und man sah, dass ihr Herz von schrecklicher Angst gefoltert wurde. Ihre edlen und stolzen Züge hatten einen krampfhaften Ausdruck. Ich glaubte zu erraten dass dieser Mann gewissermaßen ihr böser Geist geworden sei. Ich bewunderte den Vater Gobseck, der drei Jahre früher das Loos dieser beiden Personen aus einem einzigen Wort, nach einer Bewegung, nach einer Betonung ihrer Rede richtig erraten hatte.

»Wahrscheinlich beherrscht er sie durch alle möglichen Mittel«, dachte ich; »durch die Eitelkeit der Eifersucht, die Freude und die weltlichen Vergnügungen. Selbst die Tugenden diesen Weibes sind Waffen für ihn; er lässt sie Tränen der Aufopferung vergießen er benutzt den ihrem Geschlechte eigentümlichen Edelmut, er missbraucht ihre Liebe und verkauft ihr die verbrecherischen Freuden teuer genug.«

»Ich gestehe Ihnen Camille«, fuhr der Anwalt fort, in er sich an Fräulein von Grandlieu wandte, »dass ich nur darum das Loos dieses unglücklichen Weibes nicht beweinen konnte, das so glänzend in den Augen der Welt erschien und so grauenhaft für den, welcher in seinem Herzen las, weil ich vor Schauder erbeben musste, indem ich seinen Mörder betrachtete, diesen jungen Mann dessen Stirn so rein dessen Mund so frisch, dessen Lächeln so anmutig, dessen Zähne so weiß, dessen Haut so weich war, dass er einem Engel glich.«

In diesem Augenblicke standen Beide vor ihrem Richter, der sie mit der strengen Kälte eines alten Dominikaners prüfte, der im sechzehnten Jahrhundert in den Marterkammern eines Inquisition-Gebäudes Ketzer foltern ließ.

»Mein Herr«, sagte sie mit zitternder Stimme, »gibt es ein Mittel, den Wert für diese Diamanten zu erlangen? ...«

Sie reichte ihm ein Kästchen hin.

»In,dem ich mir das Recht, sie wieder zu kaufen vorbehalte ...«

»Ja, Madame«, antwortete ich, »es tritt dabei das ein, was wir den Vorbehalt eines Neukaufs nennen ... man tritt ein bewegliches oder unbewegliches Eigentum für eine bestimmte Zeit an einen Andern ab und kann bis zum Ablauf dieser Zeit gegen eine bestimmte Summe in den Besitz seines Eigentums zurückkehren.«

Sie atmete leichter auf.

Der Vicomte runzelte die Stirn, denn er befürchtete, dass der Wucherer nun weniger auf die Diamanten zahlen würde, da der Wert derselben überdies einem häufigen Fallen und Steigen ausgesetzt ist.

Gobseck saß regungslos auf seinem Stuhle. Er hatte seine Lupe ergriffen und betrachtete schweigend das Kästchen.

Wenn ich hundert Jahre lebte, so würde ich doch nimmer das wundersame Gemälde vergessen, welches uns sein Antlitz darbot. Seine bleichen Wangen hatten sich gefärbt. Aus seinen Augen strahlte ein übernatürliches Feuer. Er erhob sich, trat an das Fenster und hielt die Diamanten nahe an seinen zahnlosen Mund, als wollte er sie verschlingen. Das

Funkeln dieses wunderschönen Schmucks schien sich in seinen Augen zu wiederholen. Er stammelte unverständliche Worte. Er betrachtete F abwechselnd die Armbänder, die Girandolen, den Halsschmuck, die Diademe und hielt Alles dem Lichte entgegen, um das Wasser, das Feuer und den Schnitt zu beurteilen Er nahm m die Schmucksachen aus dem Kästchen legte sie wieder in dasselbe, nahm sie nochmals heraus und ließ sie dann spielen um das ganze Feuer der edlen Steine zu genießen indem er mehr Kind war, als Greis, oder vielmehr Kind und Greis zu gleicher Zeit.

»Schöne Diamanten! — Die hätten vor der Revolution dreihunderttausend Franken gekostet! — Welches Wasser, schöne Diamanten! — Kennen Sie den Preis ... Nein, nein, nur Gobseck vermag in Paris so etwas zu würdigen ... Noch unter der Kaiserzeit hätte man einen solchen Schmuck mit zweihunderttausend Franken bezahlt ...«

Dann machte er eine verächtliche Miene und versetzte:

»Jetzt sinken die Diamanten mit jedem Tage! Brasilien und Asien überschwemmen uns seit dem Frieden mit Diamanten ... Man trägt deren nur noch bei Hofe ...«

Während er diese schrecklichen Worte aussprach, prüfte er dennoch mit unsäglicher Freude einen der Steine nach dem andern.

»Ohne Tadel — Da ist ein Flecken — Da ist ein Riss — Ein schöner Diamant.«

Und sein bleiches Antlitz wurde von dem Feuer dieses Edelgesteins so überstrahlt, dass mit dasselbe gleich jenen alten grünlichen Spiegeln vorkam, die man in den Wirtshäusern der Provinz findet und die dem Reisenden, der kühn genug ist, sich in ihnen zu beschauen das Antlitz eines in Ohnmacht Fallenden zurückstrahlen.

»Nun?«, fragte der Vicomte und schlug Gobseck auf die Schulter.

Das alte Kind zitterte. Er nahm seine Brille ab, legte sie auf den Schreibtisch, setzte sich, wurde wieder Wucherer und hart, kalt und höflich, gleich einer Marmorsäule.

»Wie viel bedürfen Sie?«

»Hunderttausend Franken auf drei Jahre ...«

»Möglich!«

Dann zog er aus einem Acajoukästchen eine Waage hervor, welche unschätzbar wegen ihrer Genauigkeit war. Er wägte die Steine und schätzte nach dem Anblick das Gewicht der Fassung. Während dieser Handlung schienen Freude und Ernst in Gobsecks Zügen miteinander zu ringen. Sein kadaverartiges Antlitz, welches durch den Glanz der Steine erleuchtet wurde, hatte etwas Grausiges.

Die Gräfin stand regungslos da und war in einen Stumpfsinn versunken, den ich mir zu deuten wusste. Es schien mir, als begriffe sie jetzt das ganze Grausen des Abgrundes, an welchem sie stand. Noch war die Reue in dem Herzen dieses Weibes nicht erstorben, und vielleicht bedurfte es nur einer Bemühung nur einer liebreichen Hand, um sie zu retten. — Ich versuchte das.

»Diese Diamanten gehören Ihnen, meine Dame?«, fragte ich sie mit bestimmter Stimme.

Sie erbebte.

»Ja, mein Herr ... «, antwortete sie und warf einen stolzen Blick auf mich.

»Wollen Sie den Neukaufs-Vertrag aufsetzen?«, fragte mich Gobseck, indem er sich erhob und mir seinen Platz an dem Schreibtische einräumte.

»Madame ist ohne Zweifel verheiratet?«, fragte ich.

Sie nickte rasch mit dem Kopfe.

»Ich werde den Vertrag nicht aufsetzen!«, sagte ich.

»Und warum nicht?«, fragte Gobseck.

»Warum nicht?« wiederholte ich und zog dann den Greis an ein Fenster, um mit ihm einige Worte leise zu reden; »diese Frau sieht unter der Gewalt ihres Mannes, der Neukauf ist demnach nichtig und Sie können sich nicht mit der Unkenntnis der Sachlage entschuldigen. Der Vertrag selbst würde beweisen ...«

Gobseck unterbrach mich mit einem Kopfnicken und wandte sich dann zu den beiden Schuldigen:

»Achtzigtausend Franken bares Geld und Sie lassen mir die Diamanten als mein Eigentum! ... «, sagte er mit bestimmter Stimme.

»Aber ...« versetzte der junge Mann.

»Es sieht bei Ihnen, die Diamanten wieder zu nehmen«, versetzte Gobseck und reichte der Gräfin das Kästchen zurück.

Ich neigte mich zu dieser und sagte ihr in das Ohr.

»Sie tun besser, Sie werfen sich Ihrem Manne zu Füßen! ... «

Der Wucherer verstand ohne Zweifel meine Worte aus der Bewegung meiner Lippen und warf mir einen Blick zu, in welchem etwas Höllisches lag.

Das Antlitz des jungen Mannes wurde bleifarben; denn offenbar zögerte die Gräfin. Er näherte sich ihr und ich vernahm seine Worte, obgleich er sehr leise sprach:

»Lebe wohl, Emélie, sei glücklich! Was mich betrifft, so werde ich morgen keinen Kummer mehr haben.«

»Mein Herr«, sagte die junge Frau und wandte sich an Gobseck, »ich nehme Ihr Anerbieten an.«

»Wohlan denn!«, antwortete der Greis, »Sie gehen nicht gern zur Beichte, meine schöne Frau.«

Er unterzeichnete eine Anweisung auf fünfzigtausend Franken, zahlbar bei der Bank und übergab dieselbe der Gräfin.

»Jetzt«, fuhr er dann mit einem Lächeln fort, welches dem des Herrn von Voltaire glich, »werde ich die Summe durch dreißigtausend Franken in Wechseln vervollständigen, deren Güte Sie mir nicht streitig machen werden. Sie sind so gut wie Gold in Barren.«

Damit überreichte er die von dem Vicomte akzeptierten und sämtlich auf Ansuchen eines seiner Kollegen Tages zuvor protestierten Wechsel, die er wahrscheinlich zu einem höchst geringen Preise eingekauft hatte. Die Züge des jungen Mannes gewannen einen Ausdruck, welcher grauenhafter war, als der eines wütenden Tigers. Er stieß einen Schrei des Zornes aus und rief: »Alter Schurke! ...«

Der Vater Gobseck blickte ihn kalt an, zog aber zugleich aus einem Futteral ein Paar Pistolen hervor und sagte ruhig:

»Als Beleidigter tue ich den ersten Schuss«

»Entschuldigen Sie sich bei dem Herrn«, sagte die zitternde Gräfin mit sanfter Stimme.

»Ich habe nicht die Absicht gehabt, Sie zu beleidigen...«, stotterte der junge Mann.

»Das weiß ich wohl«, antwortete Gobseck ruhig. »Sie hatten nur die Absicht, Ihre Wechsel nicht zu bezahlen.«

Die Gräfin empfahl sich und ging, während sie die Beute eines unaussprechlichen Grausens war. Der Vicomte war gezwungen ihr zu folgen, bevor er aber ging, rief er uns noch zu:

»Wenn Sie ein Wort aussprechen, meine Herren, so fließt Ihr Blut oder das Meinige.«

»So sei es!«, antwortete Gobseck und legte seine Pistolen wieder hinweg.

Als ich die Tier geschlossen hatte und die beiden Wagen abfuhren, erhob er sich von seinem Sitze und sprang umher, indem er wie ein Wahnsinniger die Worte ausrief:

»Ich habe die Diamanten! Ich habe die Diamanten ... schöne Diamanten ... was für Diamanten ... und Spott wohlfeil ... Ha! ha! Werbrust und Gigonnet, Ihr glaubtet den alten Gobseck zu übertölpeln! ... Ha, der ist Euer Meister! Wie Narren werden sie heute Abend da sitzen, wenn ich ihnen während des Domino-Spieles das erzähle!«

Diese unheimliche Freude, diese Wildheit eines Indianers, erregt durch den Besitz einiger durchsichtigen Kiesel, erfüllte mich mit Schauder. Ich vermochte kein Wort auszusprechen.

»Ha! Ha! Da bist Du ja noch, Bürschchen. Wir speisen zusammen; wir werden uns belustigen ... natürlich in Deinem Hause, denn ich habe keinen Haushalt, und die Speisewirte mit ihren Brühen und Suppen und Weinen könnten den Teufel vergiften.«

Der Ausdruck meiner Züge gab ihm plötzlich seine kalte Ruhe wieder.

»Sie begreifen das nicht«, sagte er zu mir, indem er sich neben seinen Kamin setzte. Er stellte einen Kessel von Eisenblech, der mit Milch gefüllt war, auf einen Dreifuß und fragte mich: »Wollen Sie mit mir frühstücken? Es in vielleicht für uns Beide genug.«

»Ich danke Ihnen«, antwortete ich. »ich frühstücke erst um zwölf Uhr.«

In diesem Augenblick vernahm man eilige Schrittes auf dem Korridor, und der Unbekannte, welcher sich näherte, blieb vor der Tür des Herrn Gobseck stehen und pochte heftig an. Schon aus diesem Anpochen erkannte man die Wut des Kommenden. Der Wucherer erhob sich, blickte durch die Klappe der Tür und öffnete dann.

Ich sah einen Mann von etwa fünfunddreißig Jahren eintreten. Derselbe hatte verzeihen Sie mir den Ausdruck, die aristokratische Haltung der Staatsmänner Ihrer Vorstadt. Er war einfach gekleidet und glich einigermaßen dem seligen Herzog von Richelieu. Seine Züge, die gewöhnlich den Ausdruck der Schwermut trugen, deuteten in diesem Augenblick auf eine heftige Aufregung.

»Mein Herr«, sagte er und wandte sich an Gobseck, welcher seine ruhige Haltung wieder angenommen hatte, »meine Frau! Ist eben bei Ihnen gewesen.«

»Womöglich!«

»Nun! Mein Herr?«

»Nun!«

»Verstehen Sie mich nicht?«

»Ich habe nicht die Ehre, Ihre Frau Gemahlin zu kennen«, antwortete der Wucherer. »Es sind heute Morgen viele Leute bei mir gewesen. Frauen und Männer ..., und es würde mir unmöglich sein ...«

»Ersparen Sie sich alle Ausflüchte, mein Herr; ich spreche von der Frau, die eben erst bei Ihnen gewesen ist.«

»Wie kann ich wissen, ob das Ihre Frau war?«, fragte der Wucherer. »Ich habe nie das Vergnügen gehabt, Sie zu sehen.«

»Sie irren sich, Herr Gobseck«, sagte der Unbekannte auf spöttische Weise. »Wir sind einander vor einigen Jahren bereits in dem Schlafzimmer meiner Frau begegnet. Sie wollten einen Wechsel einziehen, den sie unterschrieben hatte, aber nicht schuldete.«

»Das ging mich nichts an und ich hatte nicht das Recht, nachzuforschen, auf welche Art sie den Wert empfangen habe,« versetzte Gobseck und warf einen boshaften Blick auf den Grafen. »Ich hatte den Wechsel von einem meiner Kollegen erhalten. Überdies, mein Herr«, fuhr der Kapitalist fort, ohne eine Verlegenheit zu zeigen, und goss Kaffee in seine Tasse, »überdies werden Sie mir erlauben, dass ich Ihnen bemerke, wie noch gar nicht überzeugt bin, dass Sie das Recht haben mir in meinem Hause Vorstellungen zu machen. Ich bin volljährig!«

»Mein Herr, Sie haben zu einem Spottpreise die Diamanten gekauft, welche meiner Familie gehören, nicht aber meiner Frau.«

»Ohne mich für verpflichtet zu halten, Sie in meine Geschäfte einzuweihen, erlaube ich mir nur die Bemerkung, Herr Graf, dass Sie alle Juweliere in Paris durch ein Umlaufschreiben hätten auffordern sollen, die Diamanten nicht zu kaufen, wenn die Frau Gräfin Ihnen dieselben genommen hat.«

»Mein Herr«, rief der Graf aus, »Sie kannten meine Frau! ...«

»Richtig!«

»Sie steht unter der Macht ihres Mannes.«

»Möglich!«

»Sie hatte kein Recht, über diese Diamanten zu verfügen ...«

»Wahrhaftig!«

»Nun! Mein Herr ...«

»Nun, mein Herr! Ich kenne Ihre Frau; sie steht unter der Gewalt ihres Mannes, aber — ich kenne Ihre Diamanten nicht, und da die Frau Gräfin Wechsel akzeptiert, so kann sie wohl auch Geschäfte treiben und Diamanten kaufen ...«

»Leben Sie wohl, mein Herr!«, rief der Graf aus, während er bleich wurde vor Zorn: »Es gibt Gerichte! ...«

»Richtig!«

»Der Herr, welcher hier ist«, fuhr er fort und deutete auf mich, »ist Zeuge des Verkaufs gewesen.«

»Möglich.«

Der Graf wollte geben, als ich mich plötzlich zum Vermittler der kriegsführenden Parteien aufwarf, weil ich die Wichtigkeit der Sache begriff.

»Mein Herr Graf«, sagte ich, »Sie haben recht, aber Herr H Gobseck hat auch nicht unrecht. Sie können den Käufer nicht gerichtlich verfolgen, ohne vorher einen Prozess gegen Ihre Frau Gemahlin anhängig zu machen! Das Gehässige dieser Angelegenheit würde aber keineswegs auf die letztere allein fallen. Ich bin Anwalt und bin es noch mehr mir selbst, als meinem Charakter schuldig, Ihnen zu erklären, dass Herr Gobseck die fraglichen Diamanten in meiner Gegenwart gekauft hat. Ich bin aber der Meinung, dass Sie die Gesetzlichkeit dieses Verkaufs nicht bestreiten können. Herr Gobseck ist ein zu rechtschaffener Mann, als dass er leugnen könnte, er habe den Handel zu seinem Verteile abgeschlossen, besonders da mein Gewissen und meine Pflicht mich zu diesem Geständnisse zwingen . . . Versuchten Sie einen Prozess, mein Herr Graf, so würde der Ausgang desselben zweifelhaft bleiben. Dagegen können Sie ein freundschaftliches Abkommen mit Herrn Gobsecks treffen, und in einen Neukauf von sieben oder acht Monaten einwilligen, während welcher Zeit es Ihnen möglich sein wird, die von der Frau Gräfin geborgte Summe zurückzuzahlen.«

Der Wucherer tauchte sein Brot in den Kaffee und verzehrte es mit einer vollkommenen Gleichgültigkeit; bei den Worten Neukauf und Abkommen blickte er mich jedoch an, als hätte er sagen wollen:

»Der Sapperloter! Wie er meine Lehren benutzt.«

Ich meinerseits antwortete ihm mit einem Blicke, den er vortrefflich verstand. In der Tat war die Sache sehr zweifelhaft und unedel, daher es nötig war, seinen Vergleich zu treffen. Ich hätte die Wahrheit sagen können, und Gobseck hätte nicht zu leugnen vermocht ...

Der Graf dankte mir mit einem wohlwollenden Lächeln.

Nach einer Unterhandlung, während welcher Gobsecks Gewandtheit und Habgier die ganze Diplomatie eines Congresses besiegt haben würde, setzte ich mich nieder, um einen Neukaufs-Vertrag auszufertigen, dem zufolge der Graf anerkannte, von Herrn Gobseck die Summe von neunzigtausend Franken erhalten zu haben, gegen deren Rückzahlung binnen Jahresfrist besagter Herr Gobseck sich verpflichtete, die Diamanten an den Grafen zurückzugeben; hielte Letzterer sein Versprechen nicht, so sollte dem Wucherer das Schmuckkästchen eigentümlich gehören.

»Welche Vergeudung! ... «, rief der Graf aus, als er unterzeichnete. »Wie kann man eine Brücke über diesen Abgrund schlagen?«

»Mein Herr«, versetzte der Vater Gobseck ernst, »haben Sie viele Kinder? ...«

Bei dieser Frage fuhr der Graf zusammen, als hätte der Wucherer gleich einem erfahrenen Arzt den Finger auf den Sitz des Übels gelegt.

Der Graf antwortete nicht.

»Nun«, fuhr Gobseck fort, indem er das Schweigen des Grafen begriff, »ich weiß Ihre ganze Geschichte auswendig. Dieses Weib ist ein Teufel; Sie lieben die Gattin ungeachtet ihrer Fehler: ich glaube das gern, hat sie doch selbst mich gerührt . . Aber Sie möchten Ihr Vermögen retten, möchten es für eins oder zwei Ihrer Kinder aufbewahren ... wohl denn, stürzen Sie sich in den Strudel der Welt, spielen Sie und verlieren Sie Ihr Vermögen besuchen Sie oft den Vater Gobseck und man wird sagen, dass ich Ihren Untergang veranlasst habe. Mir ist das gleichgültig ... dann suchen Sie einen Freund auf, wenn Sie einen solchen finden können, und verkaufen Sie demselben scheinbar Ihre liegenden Gründe ...«

»Nennen Sie nicht das ein Fideikommiss?«, fragte der Graf, indem er sich an mich wandte.

Der Graf schien vollkommen in seine Gedanken vertieft und entfernte sich, nachdem er uns begrüßt hatte.

»Der scheint mir so dumm, wie ein ehrlicher Mann!«, sagte der Vater Gobseck kaltblütig, als der Graf gegangen war.

»Sagen Sie lieber, so dumm wie ein Verliebter.«

Der Wucherer wand sich.

»Der Graf schuldet Ihnen die Kosten für den Vertrag ... «, rief er mir noch zu, als er sah, dass ich gehen wollte.

Einige Zeit nach diesem Auftritt, welcher mich in die schrecklichen Geheimnisse des Lebens einer Modedame eingeweiht hatte, sah ich den Grafen eines Morgens in mein Kabinett treten. Er war sehr traurig, vollkommen verändert und bedeutend gealtert.

»Mein Herr«, sagte er, »ich komme, Sie in wichtigen Angelegenheiten zurate zu ziehen und erkläre Ihnen, dass ich das vollkommenste Vertrauen zu Ihnen habe und Ihnen davon einen Beweis gehen will. Ihr Benehmen gegen Frau von Grandlieu (Sie sehen, meine Dame«, sagte der Anwalt zu der Vicomtesse, »dass ich tausend Mal für eine so einfache Sache belohnt hin). — Ihr Benehmen gegen Frau von Grandlieu steht über allem Lobe.«

Ich verneigte mich dankbar und entgegnete, dass ich um die Pflicht eines redlichen Mannes erfüllt habt.

»Nun! Mein Herr, ich habe viele Erkundigungen über den wunderbaren Mann eingezogen, dem Sie Ihr Glück verdanken. Nach dem, was ich gehört habe, ist er eine Art von Philosoph aus der Schule des Diogenes. Was halten, Sie von seiner Rechtschaffenheit? ...«

»Herr Graf«, antwortete ich, »Herr Gobseck ist mein Wohltäter ... zu fünfzehn Prozent!« setzte ich lachend hinzu. »Aber sein Geiz berechtigt mich nicht, ihn zugunsten eines Unbekannten auf genaue Weise zu schildern.«

»Reden Sie, mein Herr! Ihre Offenherzigkeit soll weder Ihnen schaden, noch Herrn Gobseck; denn ich erwartete keineswegs einem Engel in der Gestalt eines Wucherers zu begegnen.«

»Herr Gobseck«, nahm ich das Wort, »ist vollkommen überzeugt von einem Grundsatze, der sein ganzes Leben beherrscht. Nach seiner Meinung ist das Geld eine Ware, die man je nachdem sie mehr oder weniger selten ist, wohlfeiler oder teurer verkaufen kann, ohne dadurch sein Gewissen zu belästigen. Ein Kapitalist ist in seinen Augen ein Mann, der durch die starken Zinsen, die er von seinem Gelde bezieht, an gewinnbringenden Unternehmungen und Spekulationen teilnimmt. Abgesehen von seinen finanziellen Grundsätzen und seinen philosophischen Beobachtungen über die menschliche Natur, die ihm erlauben sich dem

Anscheine nach als ein Wucherer zu benehmen, bin ich vollkommen überzeugt, dass er der zartsinnigste und rechtschaffenste Mann in Paris ist. Er vereinigt eine zweifache Natur in sich: er ist ein Geizhals und ein Philosoph, ist klein und groß. Stürbe ich Und hinterließe unerzogene Kinder, so würde ich ihn zu deren Vormund bestimmen. Auf solche Weise mein Herr hat mir die Erfahrung den Vater Gobseck gezeigt. Ich weiß nichts von seinem vergangenen Leben. Er mag Korsar gewesen sein, mag Affen und Amerika als Diamantenhändler oder Sklavenverkäufer durchzogen sein, dennoch möchte ich schwören, dass man sich auf ihn verlassen kann.«

»Mein Entschluss ist unwiderruflich gefasst«, sagte der Graf zu mir, »ich bitte Sie um die Gefälligkeit, die nötigen Urkunden aufzunehmen, denen zufolge ich mein ganzes Vermögen Herrn Gobseck übertrage . . . ich verlasse mich ganz auf Sie, mein Herr, mögen Sie daher auch den Gegenschein ausfertigen, dem zufolge Herr Gobseck erklärt, dass dieser Verkauf nur ein Scheinverkauf ist und er mein ganzes Vermögen meinem ältesten Sohne zur Zeit seiner Volljährigkeit übergeben wird. Jetzt, mein Herr, gestehe ich Ihnen, dass ich mich fürchte, diese köstliche Urkunde in meinem Hause aufzubewahren und dass ich bei der Anhänglichkeit meines Sohnes an seine Mutter eben so wenig wage, ihm den Gegenschein auszuhändigen. Darf ich Sie bitten, die Verwahrung desselben zu übernehmen? Für den Fall seines Todes hat mir Herr Gobseck versprochen, mein Eigentum als Legat auf Sie zu übertragen. So ist jeder Fall vorhergesehen.«

Der Graf schauderte und schien sehr aufgeregt.

»Verzeihen Sie, mein Herr«, sagte er nach einer Pause zu mir, »ich leide sehr, und meine Gesundheit gibt mir die lebhaftesten Befürchtungen. Neuer Kummer hat mein Leben auf grausame Art getrübt. Die wichtige Maßregel, welche ich ergreife, und die mir von Ihrem alten Freunde angeraten wurde, ist dringend notwendig«

»Mein Herr«, sagte ich zu ihm, »erlauben Sie mir zunächst, dass ich Ihnen für das Vertrauen danke, welches in mich setzten. Was aber die Maßregeln betrifft, welche Sie ergreifen, so enterben Sie durch dieselben Ihre andern ... Kinder. Sie tragen Ihren Namen und wären Sie auch nur die Kinder einer Frau, welche Sie geliebt haben, so haben dieselben dennoch das Recht, ein gewisses Auskommen zu verlangen. Ich erkläre Ihnen daher, dass ich den Auftrag nicht annehmen werde, mit welchem Sie mich beehren wollen, wenn das Loos jener nicht gesichert wird.«

Diese Worte erregten den Grafen lebhaft. Einige Tränen traten ihm in die Augen; dann drückte er mir die Hand und sagte:

»Ich kannte Sie noch nicht ganz! Sie machen mir eben so viel Freude, wie Leid. Wir wollen den Anteil dieser der in dem Gegenscheine festsetzen.«

Dann verließ er mich und als ich ihn bis an die Tür meiner Schreibstube begleitete, schien es mir, als hätten sich seine Züge verklärt.

»Nun! Mein Fräulein Camille, welche Lehren enthält nicht bereits diese Erzählung für junge Damen, welche sich oft Leichtsinn durch die köstliche Stimme der Eitelkeit, des Stolzes, durch ein Lächeln oder in Folge einer Narrheit, eines Übermuts an Abgründe verlocken lassen. Die Schande, die Reue, das Elend sind drei Furien, in deren Hände dieselben unfehlbar fallen müssen. Bisweilen reicht ein Contretanz, ein gesungenes Lied, eine Lustfahrt auf das Land hin, um ein schreckliches Unglück zu entscheiden ...«

»Meine arme Camille bedarf des Schlafs!«, sagte die Vicomtesse. »Gehe, meine Tochter, leg Dich zu Bett, Deine Augen fallen zu. Ihr Herz bedarf nicht so schreckliche Bilder, um rein und tugendhaft zu bleiben, und der Rest Ihrer Erzählung darf nur von mir gehört werden, von der alten Mutter, die fast männliche Ohren hat.«

Fräulein Camille von Grandlieu verstand ihre Mutter und ging.

»Sie sind etwas zu weit gegangen, mein lieber Emile«, sagte die Vicomtesse.

»Die Zeitungen gehen noch tausend Mal weiter ...«

»Armer Emile«, unterbrach die Vicomtesse den Anwalt, »glauben Sie, dass meine Tochter Zeitschriften liest?«

»Fahren Sie fort! ... «, fuhr sie nach einer Pause fort.

Der Tod des Mannes.

Drei Monate nach dem Verkauf, welchen der Graf zugunsten Gobsecks abgeschlossen hatte ...

»Sie können ihn immerhin den Grafen Restaud nennen, da meine Tochter nicht mehr zugegen ist«, sagte die Vicomtesse, indem sie den Erzähler unterbrach.

»So sei es denn«, nahm der Anwalt wieder das Wort. »Drei Monate später also hatte ich noch immer dem Gegenschein nicht erhalten, der in meinen Händen bleiben sollte.«

Als der Wucherer eines Tages bei mir gespeist hatte, fragte ich ihn beim Aufstehen vom Tische, ob er nicht wisse, warum der Graf Restaud nichts von sich hören lasse.

»Das geht sehr natürlich zu«, antwortete er mir. »Der gute Mann liegt am Tode. Er hat ein zärtliches Herz. Diejenigen, welche den Kummer nicht zu töten wissen, lassen sich endlich durch ihn töten Das Leben ist eine Arbeit, ein Handwerk, und man muss sich die Mühe geben, es zu lernen. Wenn ein Mensch das Leben gelernt hat, indem er die Schmerzen desselben ertragen, so gewinnen seine Nerven eine gewisse Geschmeidigkeit und er vermag dann seine Gefühle zu beherrschen.«

Ich ließ Gobseck seine moralischen Vorlesungen nach seiner Weise halten und schützte dann ein dringendes Geschäft vor, worauf wir uns trennten.

Ich eilte schnell in die Rue du Helder. Ich wurde in einen Salon geführt, in welchem die Gräfin mit einem kleinen Knaben und einem kleinen Mädchen spielte. Als sie mich melden hörte fuhr sie schnell von ihrem Sitze empor, kam mir entgegen und setzte sich dann wieder hin, ohne ein

Worts zu sagen, indem sie mit der Hand nur nach einem leeren Stuhl neben dem Kamin deutete. Als ich meine Augen nach ihr wandte, wusste sie ihr Antlitz durch jene undurchdringliche Maske zu verbergen, hinter welcher die Frauen der großen Welt so trefflich ihre Leidenschaften zu verhehlen wissen. Sie hatte sich schon sehr verändert. Der Kummer hatte ihre Züge verwelken lassen, sodass von denselben kaum jene wunderschönen Linien zurückgeblieben waren, welche ehedem deren Schönheit bildeten.

»Es ist sehr nötig, meine Dame, dass ich mit dem Herrn Grafen spreche ...«

»Dann müssten Sie mehr begünstigt werden, als ich ... «, unterbrach sie mich. »Herr von Restaud will Niemand sehen. Er leidet kaum, dass ihn sein Arzt besucht. Er weist selbst meine Sorgfalt zurück ... Solche Kranke haben wunderliche Launen! Sie gleichen den Kindern: Sie wissen nicht, was sie wollen ...«

»Vielleicht wissen sie, wie die Kinder, sehr gut, was sie wollen ...«

Die Gräfin errötete.

Ich bereute fast, diese eines Gobseck würdige Antwort gegeben zu haben.

»Es ist aber nicht möglich«, fuhr ich fort, um der Unterhaltung eine andere Wendung zu geben, »dass Herr v. Restaud beständig allein ist.«

»Er hat seinen älteren Sohn bei sich und lässt sich nur von diesem Kind verpflegen.«

Vergebens blickte ich die Gräfin an: Sie errötete nicht mehr, sondern schien fest entschlossen zu sein, mich nicht weiter ihre Geheimnisse durchblicken zu lassen.

»Sie werden begreifen, meine Dame, dass ich nicht etwa aus Neugierde komme«, versetzte ich dann. »Mein Erscheinen ist durch gewichtige Gründe veranlasst ...«

Ich biss mich in die Lippen, denn ich fühlte, dass ich mich auf einen falschen Weg begab. Die Gräfin benutzte auf der Stelle meine Unbesonnenheit.

»Mein Vorteil ist von dem meines Mannes nicht getrennt, mein Herr«, sagte sie; »Sie können sich daher immerhin an mich selbst wenden ...«

»Die Angelegenheit, welche mich hinführt, betrifft nur den Herrn Grafen! ... «, antwortete ich mit Festigkeit.

»Ich werde ihn davon benachrichtigen, dass Sie ihn zu sprechen wünschen,« entgegnete sie.

Der höfliche Ton und die Miene, welche sie bei dem Aussprechen dieser Worte annahm, täuschten mich nicht. Ich erriet, dass sie mich nicht bis zu ihrem Manne vordringen lassen wollte. Ich sprach einen Augenblick von gleichgültigen Dingen, um sie beobachten zu können.

Es schien mir, als ob sie seit dem Tage, an welchem sie ihre Diamanten an Gobseck verkauft hatte, von ihrem bösen Geiste vollends in den Abgrund hinabgezogen sei. Sie wusste sich mit jener seltenen Vollendung zu verstellen, welche bei dem weiblichen Geschlechte der äußerste Grad des Verderbens ist. Soll ich es dreist aussprechen? Ich erwartete Alles von ihr, und diese Befürchtung war nur auf ihre Bewegungen ihre Blicke, ihr Benehmen und den Ton ihrer Stimme begründet. Ich verließ sie.

Jetzt werde ich Ihnen die Auftritte erzählen, mit denen dieses Abenteuer endet, und die Umstände beifügen, welche ich erst später kennenlernte, die Einzelheiten, welche Gobsecks Scharfblick erriet.

Als der Graf Restaud sich in einen Strudel der Freuden zu stürzen und sein Vermögen verschwenden zu wollen schien, trugen sich zwischen den beiden Gatten Auftritte zu, deren Geheimnis nicht durchschaut ist, die aber den Grafen ein noch günstigeres Urteil über seine Gattin fällen ließen, als er bisher gefällt hatte. Als er krank wurde und gezwungen war sich zu Bett zu legen, bezeigte er einen tiefen Abscheu gegen die Gräfin und seine beiden jüngsten Kinder. Er untersagte ihnen den Eintritt in sein Zimmer, und wenn sie diesen Befehl zu umgehen suchten, so führte ihn Ungehorsam so gefährliche Krisen für Herrn von Restaud herbei, dass der Arzt die Gräfin beschwor, die Befehle ihres Gemahls nicht ferner zu übertreten.

Frau von Restaud sah, wie nach und nach alles Eigentum ihres Hauses; die Ländereien, selbst das Hotel, in welchem sie wohnte, in die Hände des schrecklichen Gobseck überging, und begriff ohne Zweifel die Absichten ihres Mannes.

Obgleich der Vicomte gewandt genug war, so fiel es ihm doch schwer, die geheimen Vorsichtsmaßregeln zu erraten, welche ich Herrn von Restaud angegeben hatte, sodass die Vermutungen der beiden Verbrechensgenossen unbegründete waren. Die Gräfin glaubte, dass ihr Gemahl sein ganzes Vermögen kapitalisiert habe, und das kleine Päckchen Bankbilletts, welche dasselbe darstelle, entweder einem Notar, oder bei der Bank niedergelegt sei. Nach ihren Berechnungen musste Herr von Restaud notwendig irgendeine Urkunde besitzen, durch welche es seinem älteren Sohne erleichtert wurde, sein Vermögen wiederzufinden. Nun stellte sie eine tätige Beobachtungslinie um das Schlafzimmer ihres Gemahls her auf. Sie herrschte despotisch in ihrem Hause, welches einem weiblichen Spioniersysteme unterworfen wurde, und damit ist Alles gesagt. Den ganzen Tag blieb sie in dem Solon, in welchem sie mich empfangen hatte und der an das Schlafzimmer ihres Mannes stieß. Hier vermochte sie die geringsten Worte und selbst die leichtesten Bewegungen ihres Mannes zu vernehmen. Des Nachts ließ sie in diesem Solon ein Bett herstellen, schlief aber überhaupt nur selten. Der Arzt war völlig in ihr Interesse gezogen. Sie wusste mit jener Schlauheit welche treulosen Personen eigen ist, den Widerwillen zu verbergen, den Herr von Restaud gegen sie bezeigte, und äffte die trostlose von Schmerzen gebeugte Frau nach. Sie erlangte sogar eine Art von Berühmtheit. Einige fromme Damen meinten, dass sie auf diese Weise ihre Fehltritte büße. In der Tat aber hatte sie stets das Elend vor Augen, welches ihrer beim Tode der Grafen wartete, wenn sie nur für eine einzige Minute ihre Geistesgegenwart verlor. So hatte denn, diese Frau, nachdem sie von dem Schmerzenslager zurückgekommen war, auf welchem ihr Mann seufzte, einen Zauberkreis um ihn gezogen. Sie war in seiner Nähe und bei ihm, obschon fern von ihm, war in Ungnade und dennoch allmählich, anscheinend ergebene Gattin, aber wartete auf den Tod und das Vermögen, gleich wie jenes Insekt in der Vertiefung die es sich in den Sand zu graben gewusst hat, seine unvermeidliche Beute erwartet, indem es jedes fallende Sandkorn hört.

Auch der strengste Verteiler musste anerkennen, dass die Gräfin das Gefühl der Mutterliebe im höchsten Grade besitze. Sie betete ihre Kinder an und erzog dieselben vorzüglich gut. Sie ließ dieselben das Gewölbe ihres unordentlichen Lebenswandels nicht erblicken, und das zarte Alter derselben unterstützte sie in diesem Punkte ganz besonders. Auch wurde sie von den Kindern in einem solchen Grade wieder geliebt, wie sie es nur wünschen konnte. Ich muss gestehen, dass ich selbst mich eines Gefühls der Achtung gegen sie nicht erwehren konnte, obschon Gobseck mich noch jetzt deshalb verspottet. Ich glaube ganz fest, dass die Gräfin damals die ganze Gemeinheit des Vicomte erkannt hatte, und dass sie die Fehler ihres vergangenen Lebens bereits mit blutigen Tränen büßte.

Wie gehässig also auch die Maßregeln sein mochten, die sie ergriff, um das Vermögen ihres Mannes wieder in ihre Hände zu bringen, so waren ihr dieselben dennoch wohl nur durch ihre mütterliche Liebe geboten und durch den Wunsch, ihr Unrecht gegen die Kinder wieder gut zu machen. Gleich allen Frauen, welche sich den Stürmen einer Leidenschaft unterworfen haben, fühlte auch sie das Bedürfnis wieder tugendhaft zu werden und vielleicht lernte sie erst da den Wert der Tugend kennen, als sie die bösen Früchte der verbrecherischen Saat erntete. So oft der junge Graf aus dem Zimmer seines Vaters kam, wurde er in Bezug auf Alles, was der Graf getan und gesagt hatte, einem Verhöre von äußerster Strenge unterworfen. Das Kind erfüllte gern die Wünsche seiner Mutter, schrieb dieselben einem Gefühle der Liede zu kam mit der Unschuld der Jugend allen ihren Fragen entgegen.

Bei meinem Besuche ging der Gräfin ein helles Licht auf. Sie wollte in mir den Diener der Rache ihres Mannes erblicken. Sie bestimmte in ihrer Weisheit, dass ich dem Sterbenden nicht nahen dürfe.

Ich bekenne, dass mich eine böse Vorahnung ergriff und ich deshalb sehnlichst wünschte, noch einmal mit dem Grafen sprechen zu können. Ich war nicht ohne Besorgnis über das Los der Gegenscheine. Wenn dieselben in die Hände der Gräfin fielen und sie dieselben in Kraft setzen wollte, so musste sich ein endloser Prozess zwischen ihr und Gobseck entwickeln; denn ich kannte den Wucherer hinreichend, um zu wissen, dass er nimmer ist das Vermögen an die Gräfin zurückerstatten würde, und dass die Abfassung der Urkunden selbst zu zahlreichen Quellen von Häkeleien wer-

den könnte, wenn nicht der Prozess mir selbst zur Führung
anvertraut wurde.

Um so manches Unglück zu verhüten, ging ich nochmals
zu der Gräfin.

»Ich habe bemerkt, meine Dame«, sagte der Anwalt zu
der Vicomtesse von Grandlieu, indem er den berechneten
Ton einer vertrauten Mitteilung annahm, »dass es gewisse
moralische Erscheinungen gibt, auf die wir zu wenig ach-
ten. Von Natur mit einem gewissen Beobachtungsgeiste begabt, habe ich bei allen anziehenden Geschäftssachen, die in
meine Hände kamen und bei denen die Leidenschaften lebhaft in das Spiel gezogen es wurden, unwillkürlich meine
Neigung zu psychologischen Analysen befriedigt. Besonders habe ich dabei mit einer stets neuen Überraschung be-
wundern, dass die geheimen Absichten und Gedanken
zweier Gegner fast stets gegenseitig von denselben erraten
werden. Es findet bisweilen zwischen zwei Feinden derselbe helle Blick der Vernunft, dieselbe Kraft des geistigen Gesichts statt, wie zwischen zwei Liebenden, welche gegenseitig in ihren Herzen lesen.«

Als wir nun Beide einander gegenüberstanden, die Gräfin
nämlich und ich, so begriff ich plötzlich den Grund des Wi-
derwillens, welchen sie gegen mich hegte, obgleich sie ihre
Gefühle unter den anmutigsten Formen der Höflichkeit und
Heiterkeit verbarg. Was sie betraf, so erriet sie schnell, dass
ich der Mann wäre, auf welchen ihr Gemahl sein Zutrauen
setzte, und dass er mir sein Vermögen noch nicht übergeben habe. Unsere Unterhaltung, mit der ich Sie verschone,
ist in meiner Erinnerung haften geblieben, als einer der ge-
fährlichsten Kämpfe, denen ich mich je unterzogen habe.
Die Gräfin hatte einen unglaublich überlegenen Geist. Sie
war von der Natur mit allen Eigenschaften begabt, deren
man zur Verführung bedarf. Sie führte mich in Verwicke-

lungen und Verlegenheiten, indem sie sich abwechselnd geschmeidig, stolz, liebkosend, zutraulich zeigte, ja sie ging sogar so weit, dass sie Neugierde bei mir zu erregen. Liebe in meinem Herzen zu erwecken suchte. Sie scheiterte damit, aber dennoch war das eine harte Prüfung. Als ich mich von ihr verabschiedete, bemerkte ich in ihren Augen einem Ausdruck des Hasses und der Wut, der mich erzittern ließ. Ich glaube, sie hätte mich mit innigem Entzücken in Stücke zerhacken oder von Pferden zerreißen sehen können, während ich nur Mitleid gegen sie empfand. Dieses Gefühl gab sich auch in den letzten Bemerkungen zu erkennen, die ich gegen sie machte, und ich glaube, dass ich einen ziemlich großen Schrecken in ihrem Geiste zurückließ denn ich erklärte ihr, dass sie notwendig zugrunde gerichtet werden würde, wie sie sich auch benehmen möchte.

»Wenn ich den Herrn Grafen sehen könnte ...«

»So würde ich ganz in Ihren Händen sein!«, sagte sie mit einem verächtlichen Blicke.

Da wir einmal zu einer so großen gegenseitigen Offenherzigkeit gelangt waren, so beschloss ich, ohne Zuziehen irgendeiner andern Person die Familie von dem Elend zu erretten, welches auf dieselbe wartete. Ich war entschlossen, selbst gesetzwidrige Dinge zu begehen wenn solches nötig sein sollte, um mein Ziel zu erreichen, und ließ deshalb den Herrn Grafen von Restaud wegen einer Summe verklagen, die derselbe angeblich Gobseck schuldete. Ich erlangte seine Verurteilung.

Die Gräfin verhehlte natürlich dieses Verfahren, allein ich hatte das Recht, bei dem Tode des Grafen Alles versiegeln zu lassen. Nun bestach ich einen der Bedienten des Hauses und erlangte von ihm das Versprechen, dass er mich auf der Stelle benachrichtigen wolle, wenn der Graf am Tode läge, und wäre es auch mitten in der Nacht. Dann wollte ich plötzlich erscheinen und die Greisin mit sofortiger Versiegelung bedrohen, um dadurch die Gegenscheine zu retten. Später erfuhr ich, dass diese Frau das Gesetzbuch studiere, während sie die Seufzer ihres, sterbenden Gatten hörte! ... Welche schrecklichen Gemälde würden nicht die Herzen derer darstellen, welche die Sterbebetten umgeben, wenn man die Gedanken derselben zu malen vermöchte! Allemal aber ist das Geld der Beweggrund der Ränke, welche geschmiedet, der Pläne, welche entworfen, der Gräuel, welche — begangen werden!

Lassen wir nun diese Einzelheilen beiseite, die ihrer Natur nach abstoßend genug sind, allein Ihnen den Schlüssel zu so manchen Schmerzen zu geben vermocht haben.

Seit zwei Monaten hatte sich der Graf von Restaud in sein Schicksal ergeben und war allein in seinem Zimmer geblieben. Eine tödliche Krankheit hatte langsam seinen Körper und selbst seinen Geist aufgerieben. Er war in eine finstere Schwermut versunken. Ergriffen von jenen Fantasien der Kranken, deren Wunderlichkeit unerklärlich scheint, litt er nicht, dass man sein Zimmer reinigte und weigerte sich sogar, sein Bett machen zu lassen. Die äußerste Gleichgültigkeit wurde endlich in allen seinen Umgebungen erkannt; die Möbel seines Zimmers standest unordentlich umher. Alles war mit Staub und Spinngewebe bedeckt. Reich und von seltener Feinheit in Geschmackssachen, schien er sich jetzt an dem traurigen Schauspiele zu weiden, welches ihm dieses Zimmer darbot. Tisch, Kommode, Sekretär, Stühle, Alles war mit den Gegenständen bedeckt, welche im Gefolge einer Krankheit erscheinen. Auf ihnen standen Arzneigläser, teils leer, teils gefüllt, sämtlich aber beschmutzt; leinene Tücher und zerbrochene Teller, Waschbecken, Löffel und Gläser erblickte man in bunter Unordnung durcheinander. Das Ganze bildete ein widerwärtiges Chaos. Alles deutete auf die Auflösung und die Vergänglichkeit. Der Tod schien die Dinge ergriffen zu haben, bevor er sich des Menschen bemächtigte, und eine lebhafte Fantasie vermochte in diesem Krankenzimmer eine Ähnlichkeit mit einem mit Gebeinen bedeckten Kirchhof zu finden. Dabei hatte der Graf einen Abscheu vor dem Tageslicht, die Fensterladen waren geschlossen und das Dunkel vermehrte noch den düsteren Anblick dieses traurigen Ortes. Der Kranke war bedeutend abgemagert. Seine Augen hatten ihren Glanz behalten, allein sein ganzes Leben schien sich auch in diese zurückgezogen zu haben. Die fahle Blässe seines Antlitzes erregte einen gewissen Schauder, der noch durch die außergewöhnliche Länge seiner Haare vermehrt wurde, die er nie abschneiden lassen wollte. In langen flachen Zotten hingen dieselben an seinen Wangen herab und verliehen ihm eine Ähnlichkeit mit jenen Fanatikern, welche ehedem die Wüste bewohnten. Er war erst siebenunddreißig Jahr und vordem glücklich, schön, elegant gewesen. Der Kummer erstickte in ihm alle menschlichen Gefühle.

Es war zu Anfang des Monats Dezember im Jahre 1819, als eines Morgens sein Sohn Ernest zu Füßen seines Bettes saß und ihn mit Schmerzen anblickte.

»Leidest Du jetzt mehr? ... «, hatte das Kind gefragt.

»Nein!«, sagte er mit einem schrecklichen Lächeln, »hier und um mein Herz sind alle meine Schmerzen!«

Er zeigte bei diesen Worten erst nach seinem Kopfe und dann drückte er seine abgezehrten Finger auf seine Brust, sodass Ernest durch diese vielsagenden Bewegungen zu Tränen gerührt wurde.

»Warum kommt denn Herr M ... (er sprach von mir) nicht zu mir?«, fragte er seinen Kammerdiener, der eben eintrat.

Er glaubte, dass dieser Kammerdiener ihm ergehen sei, allein derselbe war nur ein Subjekt der Gräfin.

»Wie, Joseph!«, rief der Sterbende aus, richtete sich auf seinem Lager empor und schien seine ganze Geistesgegenwart nach einmal wieder erlangt zu haben; »sieben oder acht Mal seit vierzehn Tagen habe ich Dir nun gesagt, dass Du zu meinem Anwalt gehen solltest, und noch ist derselbe nicht erschienen! Glaubt Ihr, über mich spotten zu können! Auf der Stelle rufe ihn herbei, noch den Augenblick und bringe ihn selbst mit ... Wenn Du meinen Befehl nicht vollziehst, so werde ich mich selbst erheben und zu ihm gehen ...«

»Madame«, sagte der Kammerdiener, als er hinausgegangen war, »haben Sie den Herrn Grafen gehört? Was soll ich thun?«

»Du stellst Dich, als gingst Du zu dem Anwalt und kehrst dann zurück, um dem Herrn zu sagen, dass sein Geschäftsführer wegen eines wichtigen Prozesses nach einem vierzig Meilen entfernten Orte abgereist sei. Du fügst hinzu, dass man ihn erst nach einer Woche zurückerwarte ...«

Da sich die Kranken gewöhnlich hinsichtlich ihres Schicksals täuschen; so dachte die Gräfin, ihr Gemahl werde auf die Rückkehr des Anwaltes warten; der Arzt aber hatte schon Tags vorher versichert, dass der Graf schwerlich den Tag überleben würde.

Als der Kammerdiener zweiundzwanzig Stunden später seinem Herrn die trostlose Nachricht brachte, schien der Sterbende im höchsten Grade aufgeregt.

»Mein Gott! Mein Gott!« , wiederholte er mehrmals, »nur auf Dich sehe ich mein Vertrauen! ...«

Lange betrachtete er seinen Sohn, dann sagte er mit schwacher Stimme zu demselben:

»Ernest, mein Kind Du bist noch sehr jung, aber Du ein gutes Herz und begreifst ohne Zweifel, wie heilig uns das Versprechen sein muss, welches wir einem Sterbenden, einem Vater leisten ... Fühlst Du Dich fähig, ein Geheimnis zu wahren, es in Deiner Brust zu verschließen, sodass selbst Deine Mutter es nicht ahnte? Du, mein Sohn, bist jetzt der Einzige, dem ich mich anvertrauen kann. Wirst Du mein Zutrauen täuschen?«

»Nein, mein Vater.«

»Nun! Ernest, ich werde Dir in einigen Augenblicken ein versiegeltes Paket geben, es gehört Herrn M ... Du hast dasselbe auf eine solche Art zu verbergen, dass Niemand erfährt, was Du hast; dann eilst Du aus dem Hotel und wirfst es in den Briefkasten am Ende der Straße ...«

»Ja, mein Vater.«

»Kann ich auf Dich rechnen?«

»Ja, mein Vater.«

»Komm und gib mir einen Kuss! Du machst, dass mir der Tod weniger bitter erscheint, mein liebes Kind; in zehn oder zwölf Jahren wirst Du die Wichtigkeit dieses Geheimnisses erfahren; wirst Dich dann für Deine Gewandtheit und Treue belohnt sehen und erkennen, wie sehr ich Dich liebe ... lass mich einen Augenblick allein und lass Niemand eintreten.«

Ernest verließ das Zimmer und sah seine Mutter in dem Solon stehen.

»Ernest«, sagte sie zu ihm, »komm zu mir!«

Sie setzte sich neben den Kamin, nahm ihren Sohn zwischen ihre beiden Knie, drückte ihn fest an sich und küsste ihn.

»Ernest, Dein Vater hat mit Dir gesprochen? ...«

»Ja, Mama.«

»Was hat er Dir gesagt?«

»Ich darf es nicht wieder sagen, Mama.«

»O! Mein liebes Kind,« rief die Gräfin aus und umarmte ihn mit Begeisterung, »Deine Verschwiegenheit erfreut mich! ... Nie lügen und seinem Worte treu bleiben, das sind zwei Grundsätze, die man nie vergessen darf.«

»Wie schön Du bist, Mama! Nicht wahr, Du hast nie gelogen! ...«

»Ja, mein lieber Ernest ich habe gelogen und habe mein Wort gebrochen; aber es gibt Umstände, bei denen alle Gesetze aufhören. Höre, mein kleiner Ernest, Du bist groß genug, vernünftig genug, um zu erkennen, dass Dein Vater mich zurückstößt, dass er nicht von mir gepflegt sein will ... und Du weißt wie sehr ich ihn liebe. Das ist nicht natürlich ...«

»Nein, Mama.«

»Nun! Mein armes Kind«, sagte die Gräfin weinend, »dieses Unglück rührt von niederträchtigen Verleumdungen her. Schlechte Leute haben versucht, mich von Deinem Vater zu trennen, um ihre Habsucht zu befriedigen Sie unsers Vermögens berauben und sich dasselbe aneignen. Wenn Dein Vater gesund wäre, so würde die Trennung zwischen uns bald endigen, denn er würde mich anhören; und da er sehr gut und sehr liebevoll ist, so würde er meine Unschuld erkennen ... Allein sein Verstand hat ein wenig gelitten, und der Argwohn, den er gegen mich hegt, ist bei ihm zu einer fixen Idee, zu einer Art von Wahnsinn geworden. Das ist eine Wirkung - Krankheit ... die Vorliebe, welche Dein Vater gegen Dich zeigt, ist ein neuer Beweis, dass seine Geistesfähigkeiten gelitten haben, denn vor seiner Krankheit wirst Du nie bemerkt haben, dass er - Pauline und Georges weniger geliebt hätte, als Dich. Er in jeder Hinsicht launenhaft. In Folge seiner Zärtlichkeit gegen Dich könnte er Dir geheime Aufträge geben, Befehle erteilen ... wenn Du nun, mein lieber Engel, nicht sehen willst, dass Deine Mutter dereinst als ein armes Weib ihr Brot auf der Straße bettele, so musst Du mir Alles sagen ...«

»Ha! Ha!«, rief der Graf aus, welcher indes die Tür geöffnet hatte, sich fast nackt zeigte, und bereits so abgezehrt, so fleischlos war, wie ein Skelett.

Dieser hohle Ausruf brachte eine schreckliche Wirkung auf die Gräfin hervor. Unbeweglich stand sie da und von Schauder ergriffen; denn ihr Gemahl war so hager und bleich, dass er aus seinem Grabe hervorgekommen schien und einem Gespenste glich.

»Du hast mein Leben mit Kummer erfüllt ... willst Du nun auch meinen Tod beunruhigen? ... «, rief er mit heiserer Stimme.

Die Gräfin warf sich dem Sterbenden zu Füßen, der durch die letzten Aufregungen des Lebens ein fast grausiges Ansehen erhielt. Sie vergoss einen Strom von Tränen.

»Gnade, Gnade! ... «, rief, sie aus.

»Hast Du Mitleid mit mir gehabt?«, fragte er.

»Nein, ich verlange kein Mitleid für mich! Sei unbeugsam!«, sagte sie, »aber die Kinder! ... Verdamme mich, in einem Kloster zu leben, ich werde gehorchen; ich werde Alles thun,meine Fehler gegen Dich büßen, Alles, was Du mir befehlen magst; lass nur die Kinder glücklich sein! ... O! Die Kinder! ... die Kinder!«

»Ich habe nur ein Kind!«, antwortete der Graf und reckte verzweiflungsvoll einen knöchernem Arm seinem Sohne entgegen.

»Gott! ... Verzeihung! Ich bereue ... ich bereue! ... « rief die Gräfin aus und umfasste die vom Todesschweiß feuchten Beine ihres Gemahls, denn Tränen verhinderten sie, weiter zu sprechen und nur einzelne, unzusammenhängende Worte entwanden sich ihrer glühenden Kehle.

»Was sagtest Du eben erst zu Ernest? ... Eine schöne Reue das! ... « Bei diesen Worten stieß der Sterbende die Gräfin von sich, indem er seinen Fuß bewegte.

»Deine Umarmung ist eiskalt!«, sagte er mit einer Gleichgültigkeit, in der etwas Schreckliches lag.

Die unglückliche Frau sank ohnmächtig zurück.

Der Sterbende kehrte-in sein Bett zurück, legte sich nieder und hatte wenige Stunden darauf sein Bewusstsein verloren. Die Priester erschienen und reichten ihm die Sakramente. Es war Mitternacht, als er starb. Die Szene am Morgen hatte den Rest seiner Kräfte erschöpft.

Um Mitternacht trat ich mit dem Vater Gobseck ein.

In Folge der Unordnung, welche überall herrschte, drangen wir bis in den kleinen Salon, welcher vor dem Sterbezimmer war.

Wir fanden dort die drei Kinder in Tränen gebadet, und zwei Priester, welche die Nacht bei dem Leichnam beten sollten. Ernest kam zu mir und sagte mir, dass seine Mutter im Zimmer des Grafen allein sein wollte.

»Treten Sie nicht ein!«, sagte er und legte in Ton und Bewegung einen bewundernswürdigen Ausdruck;

»Sie betet ...«

Gobseck lachte auf jene stumme Weise, welche ihm eigentümlich war; ich aber war zu sehr gerührt durch den Ausdruck, welcher in Ernests kindlichen Zügen lag, um den Spott meines Gefährten zu teilen Als das Kind sah, dass wir gerade auf die Tür zugingen, drängte es sich an dieselbe und rief:

»Mama, da sind schwarze Herren, die Dich suchen!«

Der Vater Gobseck hob das Kind empor, als wäre es nur eine Feder gewesen und öffnete die Tür. Welches Schauspiel bot sich da unsern Blicken dar. Seit den zehn Minuten, dass der Graf gestorben war, hatte seine Gattin alle Schubfächer der Kommode und des Sekretärs erbrochen und es herrschte eine grenzenlose Unordnung in dem Zimmer. Die Gräfin wühlte geistesabwesend mit flammenden Augen unter den papieren umher. Der Teppich war um sie herum mit Schriften und Büchern beworfen. Einige Möbel waren zerbrochen. Nichts war noch vorhanden, das nicht die Spuren ihrer kühnen und räuberischen Hände getragen hätte. Eine schreckliche Verwirrung umgab den Leichnam.

Es schien, als wären anfangs ihre Nachsuchungen vergebens gewesen; allein ihre Haltung und ihre Aufregung ließen mich vermuten, dass sie die geheimnisvollen Urkunden entdeckt habe.

Ich warf einen flüchtigen Blick auf das Bett und mit jenem Instinkt, den wir dadurch erhalten; dass uns oft dergleichen Scenen vorkommen, erriet ich, was vorgegangen war.

Der Leichnam des Grafen lag in der Höhlung des Bettes, fast querüber, mit dem Gesicht nach unten gekehrt. Er war mit derselben Verachtung hingeworfen, wie die Papiere, welche auf dem Boden lagen. Seine starren und unbeugsamen Glieder verliehen ihm einen Anschein grotesken Grausens. Man musste bei seinem Anblick seufzen.

Der Sterbende hatte ohne Zweifel den Gegenschein unter seinem Kopfkissen verborgen, um ihn bis zu seinem Tode gegen jeden Angriff zu sichern; seine Gattin hatte dagegen in ihrer Wut wahrscheinlich die Gedanken des Grafen erraten Zum Überfluss erschien dieses Gefühl in ihrer letzten Bewegung, in dem Krampfe ihrer gekrümmten Finger. Das Kopfkissen war aus dem Bette geworfen und trug noch die Spuren von der Gräfin Füßen.

Mit unsteten Blicken schaute sie uns an, während sie regungslos dastand und keuchend unsere Anrede erwartete.

Zu ihren Füßen bemerkte ich einen Briefumschlag, der an mehreren Stellen zugesiegelt gewesen war. Ich bemerkte das Wappen des Grafen, hob den Umschlag schnell auf und las die Anschrift, welche anzeigte dass der Inhalt für mich gewesen war.

Ich schaute die Gräfin starr an und mit jener Strenge, mit der ein Richter den Schuldigen ansieht, welchen er zu verhören hat.

Die Flamme des Kamins verzehrte die Reste der Papiere. Die Gräfin hatte dieselben wahrscheinlich in das Feuer geworfen, als sie uns kommen hörte, und an der Art, wie der Gegenschein zusammengelegt gewesen war, scheiterte wahrscheinlich ihr Bemühen, in aller Flüchtigkeit den Inhalt zu durchlesen, sodass sie in ihrer Verwirrung nicht bemerkt hatte, wie sie ein Testament verbrannte, welches ihre Kinder ihres Vermögens beraubte. Der unwillkürliche Schauder, welchen ein Verbrechen denen einflößt, die dasselbe begehen, mochte ihr wohl den Gebrauch ihrer Vernunft geraubt haben. Sie sah sich überrascht, sah sich vielleicht zum Schafott abgeführt, oder erblickte das glühende Eisen des Henkers.

»Ach! Madame!« sagte ich zu ihr und nahm ein Bruchstück von dem Kamine, welches von dem Feuer nicht erreicht war. »Sie haben Ihre Kinder zugrunde gerichtet! ... Diese Papiere enthielten die Titel ihres Eigentums ...«

Ihr Mund regte sich, als sollte sie von einem Schlagfluss ergriffen werden, ein Schauder überlief sie und stumpfsinnig blickte sie mich an.

»He, he!«, rief Gobseck aus.

Dieser Ausruf des Wucherers tönte in unsere Ohren, wie das Knallen eines Zündhütchens, welches man auf einem Steine zerschlägt. Nach einer Pause sagte der Greis mit ruhiger Stimme zu mir:

»Wollen Sie vielleicht die Frau Gräfin glauben machen, dass ich nicht der rechtmäßige Eigentümer der Grundstücke seit welche mir der Herr Graf verkauft hat? Dieses Haus gehöre mir nun seit einer Stunde!«

Wäre mir mit einer Keule plötzlich ein Schlag auf meinen Kopf versetzt, so hätte ich nicht mehr Schmerz und Schrecken empfinden können. Die Gräfin bemerkte mein Entsetzen und den entrüsteten Blick, welchen ich auf den Wucherer warf.

»Mein Herr«, rief sie ihm zu, »mein Herr! ...«

Sie vermochte weiter kein Wort vorzubringen.

»Sie haben nur ein Fideikommiss?«, fragte ich ihn.

»Möglich.«

»Können Sie das Verbrechen missbrauchen, welches die Frau Gräfin begangen hat?«

»Richtig.«

Ich ging, während sich die Gräfin neben dem Totenbett ihres Gatten niedersetzte und heiße Tränen vergoss.

Der Vater Gobseck folgte mir. Als wir auf der Straße waren, trennte ich mich von ihm, allein er kam zu mir und richtete auf mich einen jener tiefen Blicke, mit denen er die Herzen durchschaut.

»Willst Du Deinen Wohltäter richten! ... «, fragte er mich.

Seitdem haben wir uns selten gesehen. Der Vater Gobseck bewohnt das Hotel des Grafen; den Sommer bringt er auf den Landgütern zu, spielt den Herrn, errichtet Meiereien, bessert die Mühlen und die Wege aus und pflanzt Bäume an. Er hat seinem Handwerk als Wucherer entsagt und ist zum Deputierten ernannt. Er will auch nach Baron werden und, strebt nach dem Kreuz der Ehrenlegion. Man sieht ihn nur in der Kutsche. Eines Tages begegnete ich ihm in den Tuilerien.

»Die Gräfin führt ein heldenmütiges Leben«, sagte ich zu ihm, »sie hat sich ganz der Erziehung ihrer Kinder gewidmet und bildet dieselben herrlich aus. Der älteste ist ein vortrefflicher junger Mann.«

»Ha! Ha!«, sagte er, »die arme Frau hat sich also herausgezogen ... das freut mich. Sie war sehr schön!«

»Sie sollten dieselbe unterstützen ...« versetzte ich.

»Sie unterstützen?«, fragte Gobseck. »Nein, auch Ernest nicht, er muss sich in dem Unglück läutern und bilden ... Das Unglück ist unser größter Lehrer. Es fehlt stets etwas an der Vollkommenheit dessen, welcher das Elend nicht kennen gelernt hat.«

Ich verließ ihn in Verzweiflung.

Vor acht Tagen war ich wieder bei ihm. Ich unterrichtete ihn von Ernests Liebe zu Fräulein Camille und forderte ihr auf, seine Pflicht zu erfüllen, da der junge Graf nun volljährig sei.

Er verlangte von mir vierzehn Tage Bedenkzeit. Gestern hat er mir gesagt, dass er zu dieser ehelichen Verbindung seine Einwilligung gäbe und an dem Tage derselben für Ernest ein Majorat bilden würde, welches jährlich hunderttausend Livres einbringe ... Was für Dinge habe ich nicht über Gobseck gehört! Er ist ein Mann, der sich jetzt daran erfreut, die Tugend auszuüben, wie er ehedem dem Wucher ausübte, und dabei einen Scharfblick, einen Takt, eine Sicherheit des Urteils zeigt, die man sieh kaum denken kann. Er verachtet die Menschen, weil er in ihren Herzen liest, wie in einem Buche, und gefällt sich darin, ihnen abwechselnd Gutes und Böses spenden. Er ist ein Gott und ein Teufel; öfter aber ein Teufel, als ein Gott. Ehedem erblickte ich in ihm die personifizierte Macht des Goldes, jetzt ist er für mich ein fantastisches Bild des Schicksals.

»Warum haben Sie so viel Teil an mir und an Ernest genommen?«, fragte ich ihn gestern.

»Weil Sie und Ernests Vater die einzigen gewesen sind, die mir je getraut haben.«

»Nun«, sagte die Vicomtesse, »wir werden Gobseck zum Baron ernennen lassen und dann das weitere sehen! ...«

»Man hat es schon gesehen!«, sagte der alte Marquis, der eben aufwachte und seine Schwester glauben machen wollte, dass er Alles gehört habe. »Man hat es schon gesehen! ...«

–Ende–

BUCHTIPPS

Armageddon 2419 AD

Deutschsprachige Ausgabe Autor: Nowlan, Phillip Frances Die Erzählung Armageddon 2419 A.D beschreibt eine endzeitliche Katastrophe im Amerika des 25. Jahrhunderts. Das ganze Land wurde von den Chaharen Han erobert. Die Han besitzen eine ...

Conan der Legendäre: Der Schwarze Koloss

Autor: Howard, Robert E. „Der schwarze Koloss" ist eine der originalen Geschichten mit dem fiktiven Schwert- und Zaubereihelden Conan dem Legendären, geschrieben vom amerikanischen Autor Robert E. Howard und erstmals im ...

Conan der Legendäre: Der Schwarze Zirkel

Autor: Howard, Robert E. „Der Schwarze Zirkel" (The People of the Black Circle) ist eine der Original-Novellen über Conan dem legendären Barbaren, geschrieben vom amerikanischen Autor Robert E. Howard und erstmals ...

Conan der Legendäre: Eine Hexe wird geboren

Conan der Legendäre Eine Hexe wird geboren Autor: Howard, Robert E. „Eine Hexe wird geboren" ist eine der Originalgeschichten von Robert E. Howard über Conan den Kimmerier. Sie wurde erstmals 1934 in Weird ...

Conan der Legendäre: Rote Nägel

Autor: Howard, Robert E. „Rote Nägel" ist eine der seltsamsten Geschichten, die je geschrieben wurden – die Geschichte eines barbarischen Abenteurers, einer Piratenfrau und einer verschollenen unheimlichen Stadt, die von dem ...

Conan der Legendäre. Jenseits des Schwarzen Flusses

Autor: Howard, Robert E. „Jenseits des Schwarzen Flusses" (engl. „Beyond the Black River") ist eine der originalen Geschichten über Conan den Kimmerier, geschrieben vom amerikanischen Autor Robert E. Howard und erstmals ...

Das grausige Hobby von Sir Joseph Londe

Das grausige Hobby von Sir Joseph Londe: Sammelband. Alle zehn Horrorstories (ToppBook Belletristik 6) 1. Auflage, Kindle Ausgabe von E. Phillips Oppenheim (Autor), Klaus-Dieter Sedlacek (Herausgeber) „Was für einen Unfug wollen Sie ...

Das Kristall-Ei

und Eine Terrornacht / Operation in der vierten Dimension / In der Raumzeit verirrt. Autor: Wells, H.G.; Breuer, Miles J.; Zagat, Arthur Leo Dieses Buch enthält unter anderem eine gewaltige Geschichte von ...

Das Paradies der Damen

Das Paradies der Damen: Roman (Historical Diamond) von Klaus-Dieter Sedlacek (Herausgeber), Emile Zola (Autor) Der Titel ‚Das Paradies der Damen' ist der Band 19 in der Buchreihe ‚Historical Diamond'. Der Autor Emile ...

Das rote Zimmer

und Der neue Nervenbeschleuniger / Das Ding von – „Draußen" / Die Farbe aus dem All Autor:Wells, H.G.; England, G. A.; Lovecraft, H.P. Ein ungenannter Protagonist und Erzähler beschließt, die Nacht in ...

Der Alchemist Leonhard Thurneysser

Die Lebensgeschichte des Goldmachers von Berlin. Autor: Sedlacek, Klaus-Dieter (Hrsg.) . Der im Jahr 1531 geborene Leonhard Thurneysser erlernte als Sohn eines Goldschmieds in Basel die Kunst seines Vaters, übernahm aber bald ...

Der Mann, der Wunder vollbringen konnte

und Der Maschinenmensch von Ardathia / Der Todesstaub / Der Gesandte der Aliens Autor: Wells, H.G.; Flagg, Francis; Zagat, Arthur Leo; Jameson, Malcolm Die Titel-Geschichte ist ein Beispiel für die große zeitgenössische ...

Der schreckliche Gott Taa

und Die Pilzvergiftung, Satan geht zum Angriff über, Jenseits des Zeittors Autor:

Wells, H.G.; Jameson, Malcolm; Zagat, Arthur Leo; O'Brien, David Wright Die Titel-Geschichte „Der Schreckliche Gott Taa" stammt vom amerikanischen Schriftsteller ...

Der Skandal um Pfarrer Brown

Sammelband mit 9 Father Brown Krimis. Autor: Chesterton, G. K. „Es wäre nicht fair, die Abenteuer von Pfarrer Brown aufzuzeichnen, ohne zuzugeben, dass er einst in einen schwerwiegenden Skandal verwickelt war. Es ...

Die Dreißig Grenze

oder Der verlorene Kontinent vom Autor der Tarzan Geschichten. Autor: Burroughs, Edgar Rice. Der Autor stellt sich eine Zukunft im dreiundzwanzigsten Jahrhundert vor, in der die westliche Hemisphäre den Kontakt mit dem ...

Die Farm der Tiere

Eine Vision über bedenkliche gesellschaftliche Entwicklungen. Autor: Orwell, Georg. Eines Nachts versammeln sich alle Tiere vom „Herrenhof" in der großen Scheune, um Old Major zu lauschen. Der preisgekrönte alte Eber hatte einen ...

Die Geschichte des Eichhörnchens Nussbacke

Die Geschichte des Eichhörnchens Nussbacke The tale of sqirrel Nutkin. Bilingual – Zweisprachig: Englisch – Deutsch Autoren: Potter, Beatrix; Sedlacek, Klaus-Dieter The Tale of Squirrel Nutkin is a children's book written and illustrated ...

Die junge Mondfrau

Mondepos vom Autor der Tarzan Geschichten. Autor: Burroughs, Edgar Ric. Im zweiundzwanzigsten Jahrhundert kommt Admiral Julian der Dritte nicht zur Ruhe, denn er kennt seine Zukunft. Er wird im darauffolgenden Jahrhundert als ...

Die laszive Mylada

Severins Gang in die Finsternis. Autor: Leppin, Pau. Ein Textauszug: ... Aber das Entzückendste, das die Leute anzog und lockte, war Mylada. Irgendwo hatte Karla dieses Mädchen entdeckt, dessen Herkunft niemand kannte und ...

Die magische Fischgräte

Eine Feriengeschichte aus der Feder eines jungen Mädchens. Illustrierte Ausgabe Autor: Dickens, Charles Es war einmal ein König, und er hatte eine Königin; und er war der männlichste seines Geschlechts und sie ...

Die verlorene Welt

Die verlorene Welt: Abenteuerroman (Historical Diamond 9) von Conan Doyle (Autor), Klaus-Dieter Sedlacek (Herausgeber) Der Titel ‚Die verlorene Welt' ist der Band 9 in der Buchreihe ‚Historical Diamond'. Der britische Autor Sir ...

Exotische Reise durch Persien

Abenteuerlicher Bericht aus einer fremdartigen Welt des 19ten Jahrhunderts. Autor: Loti, Pierre. „Wer mit mir kommen und die Zeit der Rosenblüte in Ispahan sehen will, der mache sich gefasst auf die Gefahren ...

Frankenstein OR THE MODERN PROMETHEUS

Newly illustrated 1831 edition. Autor: Shelley, Mary Wollstonecraft. Frankenstein; or, The Modern Prometheus is a novel that tells the story of Victor Frankenstein, a young scientist who creates a hideous, sapient creature ...

In der Tiefe

und Flug zum Titan / Eine Herberge der Hölle / Freddie Funks verrückte Meerjungfrau. Autor: Wells, H.G.; Weinbaum, Stanley G.; Zagat, Arthur Leo; Yerxa, Leroy Die Titel-Geschichte „In the Abyss (In der ...

John Carter – Der Riese und die Gelben vom Mars

vom Autor der Tarzan Geschichten. Autor: Burroughs, Edgar Rice. Die Saga um John Carter vom Mars bzw. der Barsoom- oder Mars-Zyklus ist eine der bekanntesten und auch beliebtesten Science-Fiction-Buchreihen des Tarzan-Autors Edgar ...

Junge Wilde und Philosophen

Die kultigen Kurzgeschichten „Flappers and Philosophers" in deutsch. Autor: Fitzgerald, F. Scott. Fitzgerald schafft ein treffendes Porträt von schönen, eigensinnigen jungen Frauen und ausschweifenden, vagabundierenden jungen Männer, die das ausmachten, was man ...

Kleine magische Geschichten von Oz

Illustrierte Ausgabe. Autor: Baum, L. Frank Keine der Geschichten des Autors Frank Baum waren so erfolgreich wie die in seinen Oz-Büchern. Die sechs Erzählungen in diesem Buch sind: „Der feige Löwe und der hungrige ...

Kleiner Schwarzer Sambo – Little Black Sambo

Bilingual – Zweisprachig: Englisch – Deutsch. Autor: Bannerman, Helen The Story of the Little Black Sambo is a children's book written and illustrated by Scottish author Helen Bannerman and is one of ...

Lieber allein!

Gedanken einer Junggesellin zum 30ten Geburtstag. Autor: Bell, Lilian. Die Protagonistin Ruth, eine junge Frau aus der High Society, befällt am Vorabend zu ihrem dreißigsten Geburtstag Panik, trotz vieler Gelegenheiten ist sie ...

Noa Noa

Der exotische Duft von Tahiti Autor: Gauguin, Paul Im April 1891 schiffte sich der berühmte französische Maler Paul Gauguin nach Tahiti ein. Auf der Flucht vor der europäischen Zivilisation mietete er eine ...

Prinz Otto oder Der Phönix und die Freiheit

Prinz Otto oder Der Phönix und die Freiheit Roman über Intrigen und Macht, Verrat, Hinterlist und wahre Liebe – vom Autor der »Schatzinsel« und von »Dr. Jekyll und Mr. Hyde« Autor: Stevenson, ...

Sternengezeugt

Eine Verschwörungstheorie über die Genmanipulation durch Außerirdische Autor: Wells H.G. In ‚Sternengezeugt' befasst sich der Autor H.G. Wells erneut mit der Idee der Existenz von Außerirdischen, über die er in dem Roman ...

Tarzans Alptraum

Tarzans Dschungelgeschichten IX. Autor: Burroughs, Edgar Rice. Die Schwarzen des Dorfes von Mbonga, dem Häuptling, waren dabei, sich den Bauch vollzuschlagen, während über ihnen in einem großen Baum Tarzan der Affen saß ...

The great god Pan / Der große Gott Pan – zweisprachig

Horror story English – German / Horror Geschichte Englisch – Deutsch. Autor: Machen, Arthur. The Great God Pan is a horror and fantasy novel by the Welsh writer Arthur Machen. Machen was ...

Internet: leseproben.net oder lesestoff.eu